DESEO

ANDREA LAURENCE

El secreto del novio

Editado por Harlequin Ibérica.
Una división de HarperCollins Ibérica, S.A.
Núñez de Balboa, 56
28001 Madrid

El secreto del novio, n.º 2125 - 6.6.19
Título original: The Boyfriend Arrangement
Publicada originalmente por Harlequin Enterprises, Ltd.

I.S.B.N.: 978-84-1307-775-8
Depósito legal: M-13473-2019
Impresión en CPI (Barcelona)
Fecha impresion para Argentina: 3.12.19
Distribuidor exclusivo para España: LOGISTA
Distribuidor para México: Distibuidora Intermex, S.A. de C.V.
Distribuidores para Argentina: Interior, DGP, S.A. Alvarado 2118.
Cap. Fed./Buenos Aires y Gran Buenos Aires, VACCARO HNOS.

Este libro ha sido impreso con papel procedente de fuentes certificadas según el estándar FSC, para asegurar una gestión responsable de los bosques.

Capítulo Uno

–¡Tiene que ser una broma!

Sebastian West examinó por tercera vez su tarjeta magnética. La puerta de BioTech, la compañía de tecnología biomédica de la que era socio, seguía sin abrirse. Al ver a sus empleados deambulando por el interior, golpeó con el puño el cristal, pero nadie le hizo caso.

–¡Soy el dueño de esta compañía! –gritó al ver a su secretaria pasar por delante, ignorándolo–. No me hagas despedirte, Virginia.

Al oír aquello, la mujer se detuvo y se acercó a la puerta.

–Por fin –suspiró.

Pero, al contrario de que lo que esperaba, no le abrió la puerta. En vez de eso, sacudió la cabeza.

–Tengo órdenes del doctor Solomon para que no le abra la puerta, señor –dijo sin moverse de donde estaba–. Tendrá que hablar con él.

Se dio media vuelta y desapareció.

–¡Finn! –gritó con toda la fuerza de sus pulmones, aporreando el cristal con los puños–. Déjame entrar, hijo de puta.

Unos segundos después, su antiguo compañero de habitación de la universidad y actual socio en los negocios, Finn Solomon, apareció ante la puerta con el ceño fruncido.

–Se supone que estás de vacaciones –le dijo desde el otro lado del cristal.

–Sí, eso es lo que dijo el médico, pero ¿desde cuándo me tomo vacaciones o hago caso a los médicos?

Lo cierto era que nunca hacía caso a Finn. Y respecto a las vacaciones, hacía más de una década que no se tomaba unas. Exactamente desde que fundaron la compañía. Era imposible estar tumbado en una playa y a la vez desarrollando inventos en tecnología médica. Ambas cosas eran incompatibles.

–Esa es la finalidad, Sebastian. ¿Tengo que recordarte que hace dos días sufriste un infarto? No deberías volver a la oficina en quince días.

–Fue un infarto leve. Apenas estuve en el hospital unas cuantas horas. De hecho, estoy convencido de que no fue un infarto. Estoy tomando esas estúpidas pastillas que me mandaron, ¿qué más quieres?

–Quiero que te vayas a casa. No voy a permitir que entres. He desactivado tu tarjeta de acceso y he enviado un memorándum a todos para que sepan que si te dejan entrar, estarán despedidos.

Siempre le quedaba su ordenador portátil, si conseguía que Virginia se lo diera. Técnicamente, trabajar desde casa no sería saltarse las reglas, ¿no?

–También he suspendido tu cuenta de correo electrónico y tu acceso remoto, así que tampoco puedes trabajar desde casa.

Desde la universidad, a Finn se le había dado muy bien leerle el pensamiento. Era fantástico trabajar juntos, aunque no tanto en aquella situación.

–Estás de baja forzosa, Sebastian, y como doctor, lo siento, pero voy a obligarte a cumplirla. Puedo ocuparme de todo durante dos semanas, pero no puedo sacar adelante esta compañía si te mueres. Así que descansa, haz un viaje, date un masaje, encuentra un entretenimiento, lo que sea, pero no quiero verte por aquí.

Sebastian se sentía perdido. Finn y él habían fundado aquella compañía después de acabar los estudios, dedicándose en cuerpo y alma a la tecnología para mejorar la vida de las personas. Él era ingeniero del Instituto Tecnológico de Massachusetts y Finn era médico, un buen equipo que había desarrollado tecnologías avanzadas como manos protésicas y sillas de ruedas eléctricas que se controlaban mediante las ondas cerebrales del paciente. Era una causa muy noble, pero al parecer, cambiar el sueño y la verdura por cafeína y azúcar le había pasado factura.

Por supuesto que no tenía ningún interés en morir. Solo tenía treinta y ocho años y estaba a punto de conseguir un gran avance con un exoesqueleto robótico que podía hacer que los parapléjicos como su hermano volvieran a caminar otra vez.

–¿Qué pasa con el nuevo prototipo de exopiernas?

Finn cruzó los brazos sobre el pecho.

–Esa gente puede esperar un par de semanas a que te recuperes. Si te desplomas de repente sobre tu mesa, nunca las tendrán. De hecho, he pedido que instalen un desfibrilador en la puerta de tu despacho.

Sebastian suspiró, consciente de que había perdido la batalla. Finn era tan testarudo como él. Hacían una buena pareja; ninguno de los dos aceptaba un no por respuesta. Pero eso a él no le beneficiaba en aquella situación. Sabía cuáles habían sido las órdenes del doctor, pero nunca se había imaginado que Finn se pondría tan estricto para que las cumpliera.

–¿Puedo al menos pasar y…?

–Que no –lo interrumpió Finn–. Vete a casa, vete de compras, lo que sea, pero vete.

Le dijo adiós con la mano desde el otro lado del cristal y le dio la espalda a su socio.

Sebastian permaneció donde estaba un momento, a la espera de que Finn se diera la vuelta y le dijera que estaba bromeando. Cuando tuvo claro que Finn hablaba en serio, se dirigió al ascensor y bajó al vestíbulo del edificio. Luego salió a una concurrida acera de Manhattan, sin saber a dónde dirigirse. Su idea había sido volver al trabajo después de los dos días que se había tomado de descanso. Sin embargo, en aquel momento tenía por delante dos semanas sin nada que hacer.

Tenía los recursos para hacer casi cualquier cosa que quisiera: volar a París en avión privado, hacer un crucero de lujo en el Caribe, cantar en un karaoke de Tokio... Pero no le apetecía nada de aquello.

El dinero era algo novedoso para Sebastian. A diferencia de Finn, en su casa nunca había sobrado. Sus padres habían tenido que trabajar mucho para salir adelante, y tras el accidente de su hermano Kenny, se las habían visto y deseado para pagar las facturas de las medicinas.

Gracias a las becas y los préstamos, Sebastian había conseguido ir a la universidad. Después, había dedicado todas sus energías a que la compañía que había fundado con Finn fuera un éxito. Con el tiempo habían ganado mucho dinero, pero había estado demasiado ocupado para disfrutarlo. Su sueño nunca había sido viajar ni comprarse coches caros. Lo cierto era que no sabía ser rico. De hecho, no llevaría más de veinte dólares en la cartera.

Se detuvo en la esquina de una calle y, al sacar la

cartera del bolsillo de atrás, se dio cuenta de que estaba cuarteada. No la había cambiado desde que se graduó. Tal vez debería comprarse una nueva. Al fin y al cabo, no tenía nada mejor que hacer.

Poco más adelante estaba Neiman Marcus. Seguramente vendían carteras. Cruzó la calle y entró en los grandes almacenes, a tiempo para sujetar la puerta a un grupo de atractivas mujeres que salían cargadas de bolsas. Le resultaban ligeramente familiares, en especial una morena de fríos ojos azules.

Su mirada se posó en él un momento y sintió como si le dieran un puñetazo en el estómago. El pulso se le aceleró al intentar tragar el nudo que se le había formado en la garganta. No entendía esa reacción tan visceral al ver a aquella mujer. Quiso decir algo, pero no acabó de ubicar a la mujer y se quedó callado. Unos instantes después, la mujer apartó la mirada, rompiendo la conexión, y se fue caminando calle abajo con sus amigas.

Sebastian se quedó mirándolas un momento y luego entró en la tienda, se fue directamente al departamento de caballeros y eligió una cartera de piel negra. Al llegar a la caja para pagar, reparó en la atractiva morena que tenía delante. Era una de las mujeres que había visto salir de los grandes almacenes unos minutos antes, la de los ojos azul grisáceo. Le gustaría poder recordar quién era para poder decirle algo. Probablemente se habrían conocido en alguna de aquellas fiestas de beneficencia a las que Finn le obligaba a asistir de vez en cuando. Pero no estaba seguro. La mayor parte de su cerebro estaba concentrado en la ingeniería y la robótica.

Aunque no todo. Era un hombre de sangre caliente al que no le resultaba indiferente aquella esbelta y alta figura de larga melena castaña, grandes ojos azules y labios pintados de carmesí. Era imposible no reparar en aquel físico impecable. Olía como la hierba mojada de los prados de la casa en la que se había criado después de una tormenta de verano. Aquel recuerdo lo estremeció en lo más hondo.

¿Qué tenía aquella mujer? Probablemente, lo que sentía no tenía nada que ver con ella. El médico le había dicho que se abstuviera de realizar actividades físicas extenuantes durante al menos una semana. «Sí, eso incluye relaciones sexuales, señor West». Hacía tiempo que no había estado con una mujer, pero quizá, al tenerlo prohibido, su cabeza se estaba obsesionando con lo que no podía tener.

¿Por qué se le daba tan mal recordar nombres?

A punto de llegar al mostrador, Sebastian se dio cuenta de que la mujer estaba devolviendo todo lo que llevaba en la bolsa. Era extraño. Si la caja marcaba bien, acababa de comprar e inmediatamente devolver ropa por valor de mil quinientos dólares. La observó quitarse el abrigo de cuero, meterlo en la bolsa vacía de los grandes almacenes y cubrirlo con papel de embalaje para que no se viera lo que había dentro.

Aquello despertó su curiosidad, sacándolo de su aburrimiento crónico.

Se volvió bruscamente y se topó con él, lo que le obligó a tomarla por los brazos antes de que perdiera el equilibrio con aquellos altísimos zapatos de tacón y cayera al suelo. La sujetó con fuerza contra él, sintiendo sus senos contra su pecho, hasta que pudo erguirse. Cuando llegó el momento, le costó soltarla. De repente, se sentía embriagado por su olor y por la sensación de sus suaves curvas contra su cuerpo. ¿Cuánto tiempo hacía que no tenía a una mujer tan cerca? Ni se acordaba.

Al cabo de unos segundos, la soltó.

La mujer dio un paso vacilante hacia atrás y se sonrojó al recuperar la compostura.

–Lo siento –dijo–. Siempre voy con tantas prisas que no me fijo por donde voy.

Por el brillo de sus ojos azules pareció reconocerlo, lo que confirmó sus sospechas de que ya se habían visto con anterioridad.

–No, no se disculpe –dijo con una sonrisa–. Es lo más emocionante que me ha pasado en toda la semana.

Sorprendida, ella frunció el ceño.

Quizá no fuera un tipo tan aburrido como parecía.

–¿Está bien? –le preguntó la mujer.

–Sí. Es solo que me alegro de haber podido ayudarla.

Ella sonrió con timidez y bajó la vista al suelo.

–Supongo que podría haber sido peor.

–El caso es que me resulta familiar, pero soy terrible para recordar nombres. Soy Sebastian West –dijo tendiéndole la mano.

Ella la aceptó dubitativa. El roce de su piel suave deslizándose en su mano hizo que una chispa se prendiera en su sistema nervioso. Por lo general, lo único que le preocupaba era el trabajo y los pasatiempos como las citas y las aventuras sexuales las relegaba a un segundo plano. Pero al sentir aquella caricia, la atracción física pasó a la vanguardia de sus prioridades.

A diferencia de la breve colisión anterior, aquel roce se prolongó, estableciéndose una corriente eléctrica entre sus manos. La conexión entre ellos era tangible, tanto, que cuando ella retiró su mano, se la frotó suavemente contra su jersey granate como para atenuar la sensación.

–Su cara también me suena –convino ella–. Soy Harper Drake. Supongo que nos habremos conocido en alguna parte. Quizá conozca a mi hermano Oliver, de Orion Computers.

Aquellos nombres no le eran del todo desconocidos.

–Seguramente es amigo de mi socio Finn Solomon. Finn conoce a mucha gente.

Harper entornó los ojos, pensativa.

–Ese nombre también me resulta familiar. Espere… ¿tiene algo que ver con alguna empresa de material sanitario?

Sebastian arqueó las cejas asombrado. No era precisamente así como definiría lo que hacía, pero el hecho de que recordara su empresa, lo sorprendió.

–Sí, se podría decir que sí –replicó sonriendo.

Harper sonrió. Por fin sabía quién era aquel tipo. Nada más verlo a la salida de los grandes almacenes, se había fijado en él. Le había resultado tan familiar al abrirle la puerta, que había estado segura de que lo conocía de algo. Sin embargo, las prisas de Violet por ir a comprarle a Aidan un regalo de boda le habían impedido detenerse.

Una vez se había separado de sus amigas Lucy Drake, Violet Niarchos y Emma Flynn, había vuelto a Neiman Marcus para devolver todo lo que había comprado. No podía cargar tanto en su tarjeta de crédito. No esperaba toparse con aquel hombre otra vez y, mucho menos, literalmente.

–Entonces, debió de ser en algún acto benéfico de los que se organizaron en el hospital este pasado invierno.

Él asintió.

–Creo que asistí a alguno. Finn me obliga de vez en cuando.

Sebastian West tenía un físico que no era fácil de olvidar, aunque no recordara el contexto. Tenía una mandíbula fuerte, una perilla casi negra, ojos igual de oscuros y una sonrisa irresistible que le producía un cosquilleo en su interior. Era una lástima que no fuera uno de aquellos empresarios millonarios con los que su hermano solía relacionarse. No quería ser frívola, pero conocer a un tipo con la vida resuelta le vendría muy bien en su situación actual. También estaría más preparada para cuando las cosas cambiaran después de su cumpleaños.

Los últimos siete años habían sido un largo y duro aprendizaje para Harper. Por un lado, había aprendido a valorar el dinero con el que la niña rica y mimada que había sido siempre había contado. Era la primera en admitir que su padre le había dado todo lo que había querido. Tras la muerte de su madre, le había dado todos los caprichos, y había seguido mimándola hasta que se había quedado sin recursos.

Harper nunca había imaginado que el pozo se secaría. Después de que eso ocurriera, había tenido que hacer algunos cambios en su vida. Y de manera muy discreta. Bastante embarazoso había sido fundirse todo el dinero que había heredado al cumplir dieciocho años, teniendo en cuenta que era contable, como para soportar que alguien le recordara lo que había hecho.

Después de que su mundo se viniera abajo, tenía una opinión diferente del dinero y de la gente a la que se le daba bien gestionarlo. En breve, en cuanto volviera a tener dinero otra vez, sería muy cuidadosa manejándolo. Eso incluía investigar minuciosamente a todos los hombres con los que saliera.

–Bueno, me alegro de que nos hayamos encontrado –dijo Sebastian con una sonrisa pícara.

Harper rio. Al apartar la vista de Sebastian, distinguió a Quentin, su ex, entre la gente que caminaba en su dirección. Tomó a Sebastian del brazo y tiró de él para acercarse a un expositor de zapatos de hombres, confiando en que Quentin no la hubiera visto.

–Lo siento –murmuró entre dientes–. Estoy intentando…

–¿Harper?

Se volvió hacia su exnovio, al que llevaba evitando los últimos dos años. Se apartó de Sebastian y saludó a su ex con un frío abrazo.

–Hola, Quentin –dijo en un tono indiferente y desinteresado que sabía que no captaría.

–¿Qué tal estás?

–Muy bien –mintió–. Nunca he estado mejor. ¿Tú qué tal?

–Genial. Acabo de comprometerme.

¿Comprometido? ¿Quentin comprometido? Él, que siempre había huido de los compromisos. Aquello habría sido la gota que habría colmado el vaso si Harper no hubiera estado ya hundida por ser la única soltera de su círculo de amistades.

–Eso es estupendo. Me alegro por ti –dijo forzando una sonrisa.

Quentin no se dio cuenta de su falta de sinceridad.

–Gracias –replicó sin percatarse de su cinismo–. Se llama Josie. Es maravillosa. Estoy deseando que la conozcas. Creo que os llevaríais muy bien.

Harper tuvo que morderse la lengua para evitar preguntarle a su ex por qué iba a tener interés en hacerse amiga de su prometida.

–Estoy segura.

–Y bien, Harper… –dijo Quentin, inclinándose hacia ella.

Su sonrisa arrogante la hizo ponerse tensa y el olor de su colonia le trajo recuerdos de noches que desearía olvidar.

–¿Te veré en la boda de Violet? He oído que va a ser el acontecimiento del año. No puedo creer que vaya a fletar un avión para llevar a todos los invitados a Dublín. ¡Y encima ha alquilado un castillo! Vaya locura. Tal vez debería haber salido con ella en vez de contigo.

Se rio y Harper apretó los puños.

–Por supuesto que voy a ir –contestó con una amplia sonrisa, tratando de disimular el nerviosismo que le provocaba el viaje–. Soy una de las damas de honor.

–¿Vas a ir sola?

¿Por qué daba por sentado que iba a ir sola? Hacía dos años que se habían separado. Al igual que él, ella también podía haber pasado página, aunque lo cierto era que no lo había hecho.

–No, no voy a ir sola. Voy a llevar a mi novio.

Nada más pronunciar aquellas palabras, se arrepintió. ¿Por qué había dicho eso? Solo con mencionar a su prometida le había hecho perder el norte. ¿Cómo iba a encontrar un novio a dos días del viaje?

Quentin entornó los ojos, incrédulo.

–¿De verdad? No sabía que estuvieras saliendo con alguien.

A Harper le sorprendió que le interesara.

–Me gusta ser discreta.

Después del espectáculo mediático de su ruptura,

había aprendido otra lección. Habían tenido que pasar seis meses antes de plantearse volver a salir con alguien debido al trauma por el que había pasado.

–¿Y quién es el afortunado? ¿Lo conozco? Estoy deseando que me lo presentes en la boda.

Un nombre, necesitaba un nombre. Paseó la vista por la tienda y su mirada fue a posarse en Sebastian, que estaba estudiando unos mocasines en un estante cercano.

–Ahora mismo te lo presento. Sebastian, cariño, ¿puedes venir un momento? Me gustaría que conocieras a alguien.

Sebastian arqueó una ceja, mientras ella articulaba las palabras «por favor» en silencio.

–¿Sí, querida? –dijo volviendo a su lado.

–Sebastian, te presento a mi ex, Quentin Stuart. Te he hablado de él, ¿verdad? Le estaba contando que vamos a asistir a la boda de Violet y Aidan en Irlanda.

Quentin le tendió la mano a Sebastian.

–Encantado de conocerte, Sebastian…

–West, Sebastian West.

–¿Sebastian West, de BioTech?

–Sí, eso es.

Harper no conocía el nombre de aquella compañía, aunque tampoco sabía nada de Sebastian porque realmente no estaban saliendo. Recordaba vagamente una breve conversación durante una fiesta en la que le había contado que trabajaba en una empresa de material sanitario y que no solía salir muy a menudo. Se había imaginado que vendía sillas de ruedas, camas de hospital o cosas por el estilo. Quizá estaba equivocada. Quentin no desperdiciaba inteligencia recordando cosas que no le hubieran impresionado.

–Vaya, Harper, esta vez has cazado una buena pieza –comentó con una extraña expresión que enseguida desapareció–. Bueno, tengo que irme. He quedado con Josie y ya llego tarde. Os veré, tortolitos, en el avión a Dublín. Ya seguiremos hablando, Sebastian.

Harper se quedó mirando cómo Quentin salía de la tienda. Una vez se fue, hundió el rostro entre las manos. Estaba roja de vergüenza.

–Lo siento mucho –murmuró entre sus manos.

Sebastian la sorprendió riendo.

–¿Quieres contarme de qué ha ido todo eso?

Lo miró por entre sus dedos.

–Eh… Quentin es mi ex. Fue una ruptura desagradable, pero frecuentamos los mismos círculos sociales. Cuando me ha preguntado si iba a ir acompañada a una boda a la que ambos hemos sido invitados, le he contado que eras mi novio. Es una larga historia. No debería haberte metido en esto, pero me ha puesto en un aprieto y estabas justo ahí… –dijo y señaló el estante de los zapatos–. Soy una idiota.

–Lo dudo –dijo Sebastian, con un brillo divertido en los ojos.

–Sí, lo soy. Ahora lo he complicado todo porque iré a la boda sola y sabrá que he mentido. Él aparecerá con su prometida y yo me sentiré mil veces peor de lo que me siento ahora.

Debería haberle dicho que estaba soltera. ¿Qué mal hubiera hecho? Podía haberse limitado a contarle que tenía citas, pero que no quería sentar la cabeza. Tenía casi treinta años, aunque eso tampoco le agobiaba. De hecho, su trigésimo cumpleaños vendría acompañado de un cheque por veintiocho millones de dólares al que estaba deseando ponerle las manos encima.

–No te preocupes por lo que piense –dijo Sebastian–. Parece un imbécil.

–No se me da bien esto de los novios. Mi gusto por los hombres es cuestionable –admitió Harper–. Es preferible que me invente novios a que encuentre uno de verdad.

–Me alegro de poder ayudar. Bueno, espero que te vaya bien en la boda.

–Gracias.

Lo observó marcharse. Cuanto más lo veía alejarse, más pánico sentía. Una vez que saliera por la puerta, no tendría forma de volver a contactar con aquel hombre. No quería dejar que se fuera, por razones que todavía no podía comprender.

–¿Sebastian? –dijo alzando la voz.

Él se detuvo y se volvió.

–¿Sí?

–¿Qué te parecería viajar a Irlanda con todos los gastos pagados?

Capítulo Dos

Sebastian no supo qué decir. Nunca antes una mujer le había propuesto unas vacaciones. Lo cierto era que ninguna mujer le había propuesto nada. Era imposible porque siempre estaba en el laboratorio. La única mujer que siempre tenía cerca era su secretaria, Virginia, de cincuenta y tantos años y casada.

–Eh, ¿podrías repetírmelo?

Harper recorrió la distancia que los separaba contoneando las caderas y con una sonrisa de disculpa en los labios. Algunos de sus rasgos resultaban duros, como su mirada penetrante, sus pómulos prominentes y su nariz aguileña.

Suponía que un torbellino similar debía de haberse desatado en su interior para hacerle un ofrecimiento así a un completo desconocido. Estaba dispuesto a decirle que sí a casi cualquier cosa si seguía mirándolo de aquella manera.

–Unos amigos se casan en Irlanda el fin de semana que viene. Han fletado un avión y han alquilado un castillo reconvertido en hotel para los invitados. No te costará nada asistir, pero tendrás que pedir permiso en el trabajo. No sé cómo es tu jefe y cómo se tomará que le avises con tan poco tiempo, pero confío en que te apetezca.

–¿Ir a Irlanda?

–Sí, conmigo, como si fueras mi novio.

Él frunció el ceño. Su novio durante una semana, en Irlanda. ¿Qué podía salir mal? Absolutamente nada. Fingir ser su amante podía ser complicado, pero también podía salir bien. Paseó la mirada por su esbelta figura. Sí, todo saldría bien. Claro que se suponía que no debía hacer… esfuerzos.

–Solo por dejar las cosas claras, ¿esperas que entre tú y yo…?

–¡No! –contestó Harper con los ojos abiertos como platos–. Bueno, en público fingiremos ser una pareja más, ya sabes, nos mostraremos cariñosos y esas cosas. Pero cuando estemos a solas, te prometo que no pasará nada. Es solo que no puedo ir a esta boda sola, y menos después de haberme encontrado a Quentin y haberme enterado de que está comprometido.

Sebastian parpadeó y trató de disimular su decepción. No estaba seguro de poder estar cerca de ella y tocarla en público, pero tener que cambiar de registro cuando se quedaran a solas. Era lo que el médico le había indicado, pero nunca se le había dado bien seguir las órdenes de los médicos.

No sabía muy bien qué decirle. Tan tonto sería si le dijera que sí como si le dijera que no.

–Te pagaré dos mil dólares. Es todo el dinero que tengo en mi cuenta de ahorros –añadió Harper al verlo dudar.

Hablaba en serio. Su inseguridad lo sorprendió. No acababa de entender por qué aquello era tan importante para ella. Debía de haber algo más sobre su ex que no le había contado.

–Tus amigas se preguntarán de dónde he salido. Nunca antes les has hablado de mí y de repente me llevas a una boda.

–Deja que yo me ocupe de eso. Mis amigas están tan ocupadas con sus vidas que ni siquiera recordarán si tengo novio o no.

–¿Y a qué se debe eso? –preguntó Sebastian sin poder evitarlo.

Si iba a hacerse pasar por su novio, tenía que saber si había algo que repeliera a los hombres. Desde su punto de vista, no veía nada malo en ella. Era guapa, desenvuelta y elegante. Aparte de la nota de desesperación de su voz, parecía todo un partido.

Se encogió de hombros y se agitó inquieta antes de responder, mostrando por vez primera su vulnerabilidad, algo que a él le intrigó.

–Como te he dicho, no tengo buen gusto con los hombres. Ninguna relación me ha funcionado desde que Quentin y yo rompimos.

–Así que no encuentras un hombre decente con el que salir a cenar, pero confías en mí lo suficiente como para cruzar el océano, compartir habitación y besarte delante de tus amigos. Podría ser un loco, podría estar casado, podría atacarte mientras duermes o robarte las joyas. Las posibilidades son infinitas.

–Corro ese riesgo cada vez que tengo una cita. ¿Has visto la gente que hay en Tinder? No, seguramente no –comentó y rio–. Sé que tienes un trabajo, que hueles bien, que eres guapo y que me has seguido la corriente hasta ahora. Le das mil vueltas a todas las citas que he tenido en los últimos seis meses. Si no quieres ir o no puedes, solo tienes que decírmelo. Pero no lo rechaces por mi apatía o por mi mal juicio. Mis amigas me conocen muy bien.

–No, claro que puedo ir. Desde esta mañana no tengo nada en la agenda para las próximas dos semanas.

Era todo un eufemismo. Pero ¿debería dedicar su tiempo a aquello? Lo cierto era que no tenía nada mejor que hacer.

–¿Te resulto desagradable?

Sebastian tragó saliva.

–En absoluto, más bien todo lo contrario. Eres la mujer más bonita que he visto en mucho tiempo.

Harper abrió los ojos de par en par ante su respuesta, pero enseguida esbozó una sonrisa. Debió de recuperar la confianza en sí misma porque se acercó a él hasta quedarse casi rozándolo.

–¿Crees que podrás fingir que eres mi novio? ¿Serás capaz de besarme?

Todos los músculos de Sebastian se tensaron al oír aquello. La calidez de su cuerpo y su olor le provocaron una reacción física que habría contestado a su pregunta si se hubiera fijado. Apretó los puños para evitar tomarla entre sus brazos. Ansiaba volver a tocarla desde el momento en que habían chocado.

–No creo que tenga problemas –respondió sacudiendo la cabeza.

–Estupendo –replicó ella sin dejar de mirarlo–. ¿Tendrás pasaporte, verdad?

–Sí.

Lo tenía porque Finn le había obligado a sacárselo, pero no lo usaba. Finn era el que viajaba por todo el mundo dando a conocer la compañía de la que eran dueños y Sebastian se dedicaba a la planificación y desarrollo de los proyectos.

–Bien, entonces no veo motivo por el que no puedas decir que sí.

Él tampoco. ¿Por qué se lo estaba poniendo tan difícil?

Era algo muy sencillo. No tenía excusa para no ir. Lo único que tenía que hacer era ir a Irlanda con aquella impresionante mujer del brazo. No tenía intención de aceptar su dinero y un viaje era la distracción perfecta para las siguientes semanas. ¿Qué otra cosa iba a hacer? Finn tenía razón: sería de más ayuda vivo que muerto. Estar a cuatro mil kilómetros del trabajo haría que todo fuera más sencillo.

–¿Cuándo es el viaje?

–El lunes por la tarde.

–Hoy es viernes así que quedan tres días. ¿No le resultará raro a tu amiga que incluyas a última hora a un invitado más a su boda?

–No. Confirmé la asistencia de dos personas. Solo necesitaba encontrar un acompañante.

–¿Tan desesperada estabas?

–Prefiero pensar que estaba siendo optimista.

–Tres días… –repitió Sebastian.

Toda aquella situación se le antojaba una locura, claro que no podía olvidar que había una línea muy delgada entre la locura y la cordura.

–¿Significa tu silencio que estás considerando acompañarme?

Harper esbozó una amplia sonrisa. La emoción iluminó su rostro. Le resultaba difícil rechazarla cuando lo miraba de aquella manera.

–Bueno, sí, lo estoy pensando. No sé si sabré ser un buen novio. Hace tiempo que no practico.

–Eso no me preocupa. Ya sabes lo que dicen.

Harper se echó hacia él y lo rodeó con sus brazos por el cuello, de una forma demasiado íntima. Sebastian sintió que todo su cuerpo se tensaba mientras se estrechaba contra él. Respiró hondo y trató de contener el repentino impulso sexual que lo invadió al tenerla tan cerca. No le parecía bien reaccionar de aquella manera ante una mujer a la que acababa de conocer.

–¿El qué?

–Que con la práctica se mejora.

–Eso tengo entendido.

Harper frunció el ceño, bajó los brazos y se quedó mirando sus manos, cerradas en puños. Las tomó entre las suyas y se las llevó a las curvas de sus caderas.

–Relájate, no voy a morderte. Tenemos que sentirnos cómodos tocándonos si queremos convencer a los demás de que estamos juntos.

Sebastian extendió los dedos y los clavó sobre sus vaqueros. Teniéndola tan cerca, deseó inclinarse y besarla. Sus labios generosos y su mirada inocente parecían estárselo pidiendo. Parecía la cosa más natural. Le agradaba tenerla a su lado, quizá demasiado cerca para estar en medio de unos grandes almacenes. No, no iba a tener ningún problema en fingir atracción por ella. El problema iba a ser fingir que esa atracción no era real cuando nadie los estuviera viendo.

–Iré –declaró, sorprendiéndose a sí mismo.

Harper se puso rígida entre sus brazos y alzó la vista para mirarlo, sonriendo.

–¿En serio?

–Sí, en serio –asintió Sebastian–. Iré a Irlanda contigo y me haré pasar por tu novio.

Entusiasmada, Harper lo abrazó con fuerza y unió sus labios a los suyos, pillándolo de improviso. Estaba seguro de que era simplemente un gesto de agradecimiento, pero una vez sus labios se rozaron, no se separaron.

La tensión sexual entre ellos no era algo producto de la imaginación de Sebastian. La forma en que Harper arqueaba su cuerpo contra el suyo y le ofrecía su boca era buena prueba de ello. Deseaba ir más lejos, comprobar la fuerza de aquella atracción, pero no era el momento ni el lugar, así que se apartó.

Harper se mantuvo cerca, con las mejillas sonrosadas.

–Tengo que irme. ¿Te importaría acompañarme a mi apartamento? No vivo lejos.

–No puedo.

Lo estaba deseando, pero prefería declinar la invitación en aquel momento si iban a pasar la siguiente semana juntos. Las cosas podían complicarse antes de que se marcharan.

Harper se apartó.

–¿Por qué no?

–Todavía tengo que comprar esto –dijo él tomando la cartera que había dejado en un estante al saludar a Quentin.

Un brillo divertido asomó a los ojos de ella.

–Te esperaré mientras pagas.

Sería muy fácil decir que sí. Sebastian respiró hondo y saltó con otra excusa.

–Tengo otros asuntos de los que ocuparme si voy a irme contigo el lunes.

Harper hizo una mueca antes de asentir y disimular su decepción con una sonrisa.

–De acuerdo. Bueno, mañana voy a salir con mis amigas, pero ¿qué te parece si nos vemos el domingo por la noche? Así podremos conocernos un poco mejor antes de subirnos al avión.

–¿En tu apartamento?

–Creo que será mejor que nos veamos en un bar. Al fin y al cabo, acabamos de conocernos, ¿no?

Sebastian dejó escapar un suspiro de alivio. En un bar sería más fácil evitar la tentación. Cuando estuvieran en Irlanda, no estaba tan seguro.

–Me parece buena idea.

–Déjame tu teléfono.

Sebastian le dio su teléfono y Harper introdujo sus datos en los contactos.

–Mándame tu número también. Nos veremos el domingo.

Con una sonrisa, le devolvió el teléfono y se dispuso a abandonar la tienda.

Sebastian la observó marcharse, convencido de que estaba cometiendo un gran error.

–Sé que nos vamos el lunes y que debería estar haciendo las maletas, pero necesito una noche de chicas antes de marcharnos –dijo Violet recostándose en los cojines del sofá con una copa de vino en la mano–. ¿Por qué no me habíais contado lo estresantes que son las bodas?

–Bueno, Oliver y yo nos casamos en secreto, así que de estresante nada –comentó Lucy–. Además, al final no es más que una fiesta. Unos gemelos de nueve meses, eso sí que es estresante.

Harper sonrió ante el comentario de su cuñada. Los gemelos, Alice y Christian, eran adorables, pero en cuanto comenzaran a caminar, iban a ser unos torbellinos, en especial la niña.

–Nadie te pidió que te llevaras a todos tus amigos al otro lado del mundo para casarte –observó Harper antes de dar un sorbo a su vino–. Podías haber organizado un bodorrio en Manhattan como hizo Emma.

Emma apareció en la habitación, frunciendo el ceño.

–Mi boda no fue un bodorrio. Fue discreta y elegante.

Harper arqueó una ceja y rio.

–Aunque solo hubiera treinta invitados, yo no diría que fue discreta y elegante.

–La recepción fue una maravilla.

–Había esculturas de hielo por todas partes –dijo Harper.

Emma suspiró.

–Eso fue cosa de Jonah –replicó, y se sentó en el sofá, al lado de Violet–. Ahora en serio, no te pongas nerviosa por la boda, Vi. ¡En Irlanda y en un castillo! Será preciosa, ya lo verás.

–Claro que sí –intervino Lucy–. Tienes una organizadora de bodas increíble que lo tiene todo bajo control. Lo único que tienes que hacer es ir y casarte con el amor de tu vida, así de fácil.

–Tienes razón –dijo Violet sonriendo–. Aidan me ha dicho lo mismo un montón de veces, pero no dejo de dar vueltas a todos los detalles. ¿Se me habrá olvidado algo?

–Eso es lo de menos. Mientras aparezcáis los dos, os deis el «sí, quiero» y firméis el certificado matrimonial, al final de la ceremonia estaréis casados. Lo demás es secundario –sentenció Emma.

–Sé que tienes razón, pero necesito repetírmelo –asintió Violet–. ¿Qué me decís vosotras, ya tenéis las maletas hechas?

Todas asintieron.

–Lo tengo todo listo, solo me faltan unas cuantas cosas. Vamos a dejar a los gemelos con el padre de Oliver –dijo Lucy–. Eso es lo que más me inquieta. Nunca me he separado de ellos desde que nacieron, pero son demasiado pequeños para hacer un viaje tan largo.

–Knox es mayor que los gemelos, así que espero que se porte bien durante el vuelo –explicó Violet–. No podría dejarlo. No me parece bien que no asista a la boda de sus padres.

–Claro, seguro que se portará muy bien. Georgette se quedará con mis padres, y su canguro también, así que no me preocupa –dijo Emma y se volvió hacia Harper–. ¿Qué me dices de ti, ya lo tienes todo listo? Al menos, no tienes que lidiar con un marido y unos hijos para el viaje. Casi se me ha olvidado lo que es no tener que preocuparse de nada.

–Sí –replicó Harper.

Respiró hondo y se preparó para contar la historia que se había inventado después de hablar con Sebastian. Su intención era contarles lo mínimo, pero tenía que decirles algo a las chicas sobre su nuevo galán antes de hacer el viaje. Si se creían la historia, el resto de la gente la tomaría por buena, incluyendo a Quentin. Si él no se lo creía, no tenía sentido seguir adelante con aquella artimaña. El único propósito de aquella ridícula pantomima era hacerle creer que había alguien en su vida, que no estaba sola y suspirando por él. Aunque nada más lejos de la realidad. Estaba contenta de que Quentin no formara parte de su vida. Era un hombre muy egocéntrico que seguramente estaba convencido de que seguía sintiendo algo por él.

Aun así, que sus amigas la creyeran no iba a ser fácil.

–Tengo el vestido, el pasaporte, y… un novio preparados para el viaje.

Pronunció aquellas palabras a toda prisa y se quedó a la espera de su reacción.

Emma, Violet y Lucy se quedaron de piedras y se volvieron hacia ella. Enseguida comenzaron las preguntas.

–¿Cómo?

–¿Novio?

–¿Qué me he perdido?

Harper esperó a que sus amigas se calmaran.

–Se llama Sebastian –anunció.

Se levantó para servirse más vino y dejó en suspenso la conversación. Iba a necesitar alcohol para poder seguir. Cuando volvió de la cocina, sus amigas estaban expectantes.

–Llevo unos meses saliendo con él.

–¿Meses? –repitió Violet–. ¿Hace meses que estás saliendo con alguien y no nos lo has contado?

–Estáis muy ocupadas con vuestras vidas: bebés, bodas… Y, siendo sincera, no quería que se echara a perder. Al principio, no íbamos en serio y ya estaba cansada de hablaros de ligues que no pasaban de la tercera cita. Las cosas iban bien y no quería hablar de él todavía, por si acaso.

–¿Y ahora sí? Porque vas a tener que darnos todos los detalles –intervino Lucy.

Harper se encogió de hombros. Había llegado el momento de darles cierta información si quería resultar convincente.

–Supongo que querréis saber algo de él si me va a acompañar en el viaje.

–Me extrañó cuando vi que habías confirmado la asistencia de dos personas.

–Sí, confiaba en que las cosas fueran bien y quisiera acompañarme –mintió Harper.

Después de una década fingiendo tener dinero, fingir

tener novio no estaba resultando tan difícil después de todo.

–Pero si lo nuestro no funcionaba –continuó–, había pensado llevar a una amiga o incluso ir sola. Pero todo va muy bien, así que Sebastian vendrá. Te pasaré sus datos para el viaje.

–Estoy deseando conocerlo –dijo Emma–. ¡Qué intriga! No has tenido mucha suerte con los hombres desde que rompiste con Quentin. ¿Dónde os conocisteis? ¿No será uno de esos ligues de Tinder, no?

–Claro que no. Eso fue un desastre. Conocí a Sebastian este invierno, en un acto benéfico en el hospital, creo que fue en aquel para recaudar fondos para un centro ortopédico.

Al menos eso no era mentira. Se habían conocido allí, aunque no habían empezado a salir.

–Trabaja con instrumental médico. Ya os lo contará él –añadió–. El caso es que hubo química entre nosotros y me invitó a cenar. Y desde entonces, las cosas han ido progresando.

–Un momento –dijo Violet y se echó hacia delante en el sofá–. Todas fuimos a aquella fiesta. ¿Lo conocemos? ¿Cómo se apellida?

–Sebastian West.

Harper se puso nerviosa. Sebastian y ella todavía no sabían nada el uno del otro. Quentin había reconocido su nombre y su empresa, así que cabía la posibilidad de que alguna lo conociera.

Por suerte, a ninguna le sonó su nombre.

–Dudo que lo conozcáis. Pasa más tiempo trabajando que relacionándose. Es muy inteligente. Estoy deseando presentároslo.

Sonrió y confió en estar resultando convincente.

–Estamos todas emocionadas –dijo Violet y dirigió una mirada suspicaz a Harper–. Estoy deseando que llegue el lunes.

Harper dio un largo sorbo de vino y asintió, fingiendo entusiasmo.

–Yo también.

Capítulo Tres

El domingo por la noche, Sebastian llegó al bar quince minutos antes de la hora a la que había quedado con Harper. No estaba especialmente nervioso, pero se había cansado de esperar en su apartamento. Había pasado los dos últimos días tratando de encontrar algo que hacer. Sin trabajo, las horas se le hacían eternas. No sabía cómo llenarlas.

Se había esmerado en preparar las maletas y todo lo necesario para el viaje, pero apenas le había llevado unas cuantas horas.

Había intentado leer un libro y ver televisión, pero después de un rato se había aburrido. El domingo por la tarde ya no le quedaba otra cosa que hacer que dar vueltas por su apartamento y desear que las horas pasaran rápido. No sabía qué habría sido de él las siguientes dos semanas si no hubiera conocido a Harper y no hubiera surgido la oportunidad de hacer aquel viaje a Irlanda. Se habría vuelto loco. ¿Cómo iba a mejorar su salud? ¿Qué bien le haría ser fuerte físicamente, pero débil mentalmente?

Cuando vio que casi había llegado la hora de ir al encuentro de Harper, se había apresurado a salir. Había elegido una mesa en un rincón tranquilo, había pedido un gin-tonic con lima ignorando las órdenes del médico y había aprovechado la espera para revisar unas notas de su cuaderno. Lo llevaba a todas partes para anotar las ideas y los pensamientos que le iban surgiendo. Había aprendido que no podía dejar pasar la inspiración cuando surgía.

Seguía esperando, pero al menos había salido de casa y estaba haciendo algo productivo. Por suerte, Harper apareció unos minutos antes de la hora prevista. Estaba muy guapa y estilosa, con un top de encaje, un jersey largo y unos vaqueros ajustados. Esta vez llevaba el pelo recogido en un moño, resaltando su cuello esbelto y sus pendientes colgantes.

De nuevo, no pudo evitar pensar que era una mujer lo suficientemente atractiva como para encontrar pareja. Claro que lo mismo podía decirse de él. A veces la vida era muy complicada.

–Gracias por venir. Y gracias por pasar por todo esto –dijo ella mientras tomaba asiento frente a él.

–De nada. ¿Quieres tomar algo?

–Sí, agua –contestó ella con una sonrisa.

Aquello le sorprendió. Habría dicho que pediría una copa de vino o un martini, pero no dijo nada y le pidió al camarero el agua.

–¿Ya lo tienes todo listo para el viaje? ¿Has hecho las maletas?

–Casi. ¿Y tú?

–Igual. Tengo la sensación de que me falta algo, pero no se me ocurre el qué.

–Que no se te olvide la ropa interior –dijo Sebastian.

En su cabeza se formó la imagen de Harper con un camisón de encaje y raso, y enseguida se arrepintió de sus palabras. No quería que aquella imagen lo persiguiera durante la semana que iban a pasar juntos.

–¿Qué? –preguntó Harper, preocupada.

–Era una broma –dijo Sebastian.

–Ah –replicó ella más relajada–. Sí, ya, voy a llevar el pijama más feo que tenga.

–¿Uno de franela con cierre de cremallera delante?

–Sí, pareceré un peluche gigante.

–Perfecto. Seguro que viéndote de esa guisa, será imposible que pueda haber atracción entre nosotros.

–Tal vez debería comprarte a ti uno. Creo que había uno de algún emoticono.

–¿No había de Spiderman o de algún otro superhéroe?

–No, lo siento.

Ambos rieron unos segundos y la tensión entre ellos se disipó. Sebastian sintió alivio. No quería que ninguno de los dos se sintiera incómodo o la semana se haría muy larga.

–Bueno, cuéntame lo que tenga que saber de ti –dijo Harper–. Después de todo, soy tu novia. Tengo que saber lo más importante.

Sebastian evitó hacer una mueca ante la idea de hablar de sí mismo. Lo odiaba. Pensó en lo que le contaría a alguien si de verdad estuvieran saliendo, pero tampoco encontró respuesta.

–Soy de Maine, de una pequeña ciudad costera llamada Rockport. Estudié en el Instituto Tecnológico de Massachusetts. Soy ingeniero mecánico, pero después de la universidad me interesé por más cosas.

–Pensé que trabajabas en una empresa de suministros médicos.

Sebastian frunció el ceño. Seguramente era culpa suya. No le gustaba dar detalles de su trabajo.

–No exactamente. BioTech es una compañía de investigación y desarrollo médico. Mi socio Finn y yo nos dedicamos al desarrollo de tecnología médica.

–¿Tu socio? Pensé que eras un simple empleado.

–Eh, no. Fundamos la compañía cuando acabamos la universidad.

Harper arrugó la frente.

–¿En serio? ¿Te he ofrecido todos mis ahorros y eres dueño de una compañía? Seguro que ganas más en una tarde que yo en un mes.

–Me ofreciste dinero, pero nunca dije que fuera a aceptarlo.

–Así que eres rico. ¿Por qué no me lo dijiste? Por ejemplo, cuando Quentin te preguntó por tu empresa.

–No me gusta alardear. Finn es el rostro de la compañía. Yo soy el científico detrás del telón. Me gusta el anonimato. He visto cómo ser famoso y rico ha complicado su vida amorosa, y no me interesa.

–¿La vida amorosa? –preguntó Harper arqueando una ceja.

–Complicarme la vida con el amor. Trabajo demasiado para que una relación prospere.

–Pero estás dispuesto a dejarlo todo y venirte conmigo a Irlanda, ¿no?

Sebastian se recostó en su asiento y suspiró. No quería decirle que había sufrido un ataque al corazón y que le habían obligado a tomarse unas vacaciones. No le gustaba hablar de sus cosas, sobre todo cuando eso podía conllevar un cambio en la consideración que tuvieran de él.

–Cuando eres el jefe, puedes hacer lo que quieras.

–No puedo creer que no hayas dicho nada hasta ahora. ¿Y si no te hubiera preguntado? ¿Habrías esperado a que alguien te reconociera en el avión y quedara como una idiota por no saber que mi novio es millonario?

–¡Claro que no! Te lo habría contado. Aunque tú

tampoco eres quién para señalar a nadie, Harper. También tienes secretos.

Ella se enderezó en su asiento y lo miró entornando los ojos.

–¿Qué se supone que significa eso?

–Te vi salir de Neiman Marcus con tus amigas. Diez minutos más tarde volviste y cambiaste todo lo que habías comprado. ¿Por qué?

–Estoy intentando ahorrar –mintió.

Sebastian se quedó mirándola con una expresión mordaz. Había hecho averiguaciones después de conocerla. Su familia era propietaria de Orion Computers y vivía en un bonito apartamento en el Upper East Side. ¿Cómo era posible que solo tuviera dos mil dólares en su cuenta bancaria? Aquello no tenía sentido.

–En estos momentos, ando algo corta de metálico y me da vergüenza contarlo incluso a mi familia y amigos. Hasta que resuelva el asunto, intento moderar los gastos, pero tengo que guardar las apariencias.

–¿Como gastar una fortuna en ropa de marca y devolverla al rato?

–Sí.

–¿No se dan cuenta de que no te la pones?

–Hace falta un mapa para moverse por mi armario.

–Parece una farsa algo complicada. Fingir que tienes novio debe de ser facilísimo.

–Bueno, por suerte será tan solo una temporada breve. Espero recuperarme pronto, así que nadie tiene por qué enterarse. Y en lo que respecta a ti y a mí… Bueno, estoy segura de que tendremos una ruptura triste, pero no inesperada al poco de que volvamos del viaje.

–Yo ya estoy triste.

Harper lo miró sonriendo.

–Me gusta tu sentido del humor. Creo que lo vamos a hacer bien.

–Yo también lo creo. Pero con el tiempo, querremos cosas diferentes de nuestra relación.

Ella gruñó.

–Hablas como Quentin, así que deja de hacerlo o romperemos ahora mismo.

Sebastian rio.

–Si vamos a coincidir con ese tipo, ¿no crees que debería saber por qué rompisteis?

–Puf, para hablar de eso necesitaría beber algo fuerte.

–¿Quieres un combinado? Vamos, te invito –dijo Sebastian.

Llamó al camarero y fue entonces cuando se le ocurrió que estaba bebiendo agua por necesidad, no por gusto.

–Te lo agradezco. Un cosmo, por favor.

Una vez el hombre regresó con aquella bebida de color rosa oscuro, Harper dio un sorbo y suspiró.

–Estuvimos juntos tres años y hace dos que rompimos. Nos conocimos en una fiesta y enseguida congeniamos. Todo iba bien, pero me di cuenta de que lo nuestro no iba a ninguna parte. Nos estancamos en el punto en que la mayoría de la gente da el siguiente paso.

–¿No quería nada serio?

–Pensaba que lo nuestro iba en serio, pero supongo que me equivoqué. Creía que íbamos camino de comprometernos, de irnos a vivir juntos, de hacer todo lo que las parejas de nuestro alrededor hacían. Pero siempre estaba trabajando. O al menos, eso era lo que decía. Es abogado y no dejaba de decirme que tenía que echar muchas horas si quería llegar a ser socio del bufete. Yo pensaba que quería construir un futuro estable para nosotros, pero lo cierto era que estaba a gusto tal y como estábamos.

–¿Estaba saliendo con otras mujeres?

–Bingo. Mientras era su novia oficial, mantuvo relaciones con otras dos mujeres, aprovechando la excusa de que tenía que trabajar hasta tarde. No sé si no sabía por cuál decidirse o si lo estaba haciendo por diversión, el caso es que cuando me enteré, corté con él. Cuando le pedí explicaciones, lo único que me dijo fue que no estaba preparado para asumir un compromiso.

Sebastian frunció el ceño.

–El otro día te dijo que se había comprometido, ¿verdad?

Al verla encogerse en su asiento, deseó darle un puñetazo al tal Quentin por haberle causado tanto dolor a una mujer tan bonita.

–Sí, y la va a llevar a la boda. ¿Entiendes por qué no puedo ir sola? No sé si podré soportar verlo junto a su prometida. Tengo casi treinta años. Soy feliz, pero tengo que admitir que no esperaba encontrarme en esta situación a estas alturas de mi vida. Estoy segura de que todas mis amigas me consideran la desgraciada del grupo.

Sebastian la entendía. Sabía lo que era ser juzgado por los demás. A diferencia de Harper, que había tratado de mantener las apariencias, él había enterrado la cabeza en el trabajo y había intentado olvidarse del resto del mundo. No le había ido mal, pero había supuesto que, con el tiempo, aquel mecanismo evasivo se vendría abajo. Su mundo se había desmoronado con el infarto.

–Me esforzaré por ser el novio imaginario que siempre has soñado tener.

***

–Pasa tú primero –dijo Sebastian en la pista–. Prefiero sentarme en el asiento del pasillo si no te importa.

Harper asintió y subió delante de él la escalerilla. Nada más abordar el avión privado, se dio cuenta de que aquel Boeing que había fletado Loukas Niarchos, el padre de Violet, era muy diferente a cualquier avión al que se hubiera subido antes. En vez de la cabina de primera clase, se encontró un salón con una barra, una zona de estar con sofás y butacas giratorias, televisiones con pantalla plana y una variedad de mesas. A la izquierda había una puerta que daba a un despacho en el que vio a Loukas hablando por teléfono, con el ordenador encendido.

Una azafata les dio la bienvenida con una sonrisa y los acompañó a una estancia que podía hacer las veces de sala de reuniones o de comedor, con una mesa como para unas veinte personas. Las sillas eran de cuero claro y tenían cinturón de seguridad.

–Esto es como estar en el Air Force One –le susurró Sebastian al oído, mientras avanzaban por un pasillo al que daban tres dormitorios y una cocina–. ¿Es así como sueles viajar?

–No –contestó Harper sacudiendo la cabeza–. Suelo ir en primera clase a menos que viaje con familia en el jet privado de Orion. Pero solo hay sitio para ocho personas, nada de habitaciones ni despachos ni salones. Mi familia es rica, pero no asquerosamente rica.

Sebastian sonrió y la conminó a seguir avanzando.

–Bien porque no sé si podría soportar a una novia

asquerosamente rica. Me alegro de que sea la primera vez para ambos.

A partir de ahí, el avión tenía una zona de asientos más al uso, con seis por fila agrupados por pares y separados por dos amplios pasillos. Cada asiento tenía su propia pantalla, una manta, una almohada y controles que permitían al ocupante tumbarse para dormir durante el vuelo. También había una tarjeta escrita a mano con el nombre del pasajero, y una copa de champán con una fresa bañada en chocolate y decorada con las letras V y A. Violet se había propuesto que su boda fuera inolvidable.

Les habían asignado sus asientos en la fila trece de las dieciséis que había y, al ser de los últimos en embarcar, tuvieron que abrirse paso por el pasillo entre un montón de caras conocidas. Quentin no se había equivocado cuando había dicho que aquella boda iba a ser el acontecimiento del año. Aun así, el número de invitados se había reducido a menos de cien debido a la organización del viaje.

Harper conocía a casi todos en el avión, a excepción de unos cuantos familiares y amigos de Aidan, el prometido de Violet, y fue saludando y sonriendo a unos y a otros mientras avanzaba por el pasillo. Al fondo a la izquierda, en la última fila, vio a Quentin sentado al lado de una atractiva morena demasiado joven para él, e intentó que no le amargara el ánimo.

–Ya hemos llegado –anunció Harper al llegar a su fila.

Emma y Jonah estaban sentados al otro lado del pasillo, en la zona del centro, y enseguida vio que su amiga estaba estudiando a Sebastian desde su asiento. Decidió no prestarle atención y se afanó en guardar el bolso y el abrigo en el compartimento superior para despejar el pasillo.

–¡Preséntanos! –exclamó Emma antes de que Harper tomara asiento.

Harper esbozó una sonrisa y se volvió.

–Sebastian, te presento a mis amigos Jonah y Emma Flynn. Trabajo en la compañía de videojuegos de Jonah, FlynnSoft. Chicos, este es mi novio, Sebastian West.

Jonah tendió la mano y los dos hombres se saludaron.

–Encantado de conoceros –dijo Sebastian–. Harper me ha contado que disfruta mucho con su trabajo en FlynnSoft. Supongo que tendrás que ver algo en ello, Jonah.

Harper trató de no mostrarse impresionada y se dispuso a sentarse. No fue hasta ese momento que se dio cuenta de que había un pequeño sobre blanco en el asiento junto a la ventanilla. Tomó el sobre y se sentó para que Sebastian pudiera ocupar su lugar. Miró a su alrededor preguntándose quién se lo habría dejado, pero nadie parecía estar pendiente de ella. En ningún otro asiento había sobres como aquel, con su nombre escrito en mayúsculas.

Mientras Sebastian ponía sus cosas en el compartimento superior, Harper abrió el sobre y sacó la hoja que estaba dentro. Estaba escrita a mano y era relativamente breve.

Conozco tu secreto. Si no quieres que todo el mundo sepa la verdad y poner en riesgo tu herencia, tienes que hacer exactamente lo que voy a decirte. Una vez lleguemos a Irlanda, irás al banco y sacarás cien mil dólares. Luego, los dejarás en un sobre en la recepción del hotel a nombre de B. Mayler antes de la cena de mañana. Como no esté, vas a tener un gran problema, Harper.

Leyó aquellas líneas una docena de veces, tratando de buscarle sentido, pero le fue imposible. Oía sus latidos resonando en los oídos, amplificando su pánico interno. Aquello era chantaje, la estaban chantajeando. ¿Cómo era posible?

Harper había sido muy discreta con su secreto. A pesar de haberle contado algo a Sebastian el día anterior, nadie sabía la verdad. Ni siquiera su padre o su hermano sabían de sus problemas económicos. Lo había mantenido en secreto durante más de ocho años, trabajando duro para llegar a fin de mes hasta que llegara el siguiente pago y dejar de fingir. Sebastian había sido el primero en cuestionar su comportamiento y no le había importado compartir parte de la información con él teniendo en cuenta que quedaba poco para su cumpleaños. Pero alguien parecía haber descubierto su secreto.

Su abuelo materno había establecido un fideicomiso de treinta millones de dólares cuando habían nacido ella y su hermano. El primer pago de dos millones de dólares lo había recibido al cumplir dieciocho años y el segundo, de veintiocho millones, lo recibirían al llegar a los treinta. Apenas quedaban unas semanas para que Harper alcanzara esa edad y debería estar empezando a ver la luz al final del túnel. Debería estar contenta por estar en la recta final, pero su estúpido comportamiento lo había puesto todo en peligro.

Después de que su padre tuviera problemas económicos con su segunda esposa cazafortunas, su abuelo había añadido una nueva condición al fideicomiso: si no eran económicamente responsables con el primer pago, no habría un segundo. El siempre responsable Oliver no había tenido ningún problema para gestionar su dinero y había conseguido multiplicar su fortuna. No le haría ninguna falta recibir el segundo pago cuando cumpliera treinta años. Pero no así Harper. Antes de que la nueva condición fuera añadida, su estilo de vida frívolo casi había acabado con los dos primeros millones de dólares.

Cuando supo de aquella adenda, decidió que debía mantener en secreto su situación. Su abuelo no podía enterarse o peligraría el dinero que tanta falta le hacía. Aquel segundo pago pondría fin a su farsa. No tendría que comer pasta durante semanas para poder pagar la elevada cuota de los servicios de su edificio. No tendría que devolver todo lo que comprara y rebuscar en las tiendas de segunda mano ropa de marca para mantener su imagen de heredera rica y caprichosa. Esta vez no malgastaría el dinero; ya no era una joven ingenua. Sería maravilloso no tener que fingir que tenía en su cuenta mucho más de los dos mil dólares que tenía.

Por suerte, esos dos mil dólares que le había ofrecido a Sebastian se quedarían donde estaban. Era todo lo que tenía además del plan de pensiones que le pagaba FlynnSoft y que no podía tocar hasta su jubilación. ¿De dónde iba a sacar cien mil dólares para el día siguiente? Si fuera para el mes siguiente, sería fácil, pero en aquel momento era imposible.

–¿Estás bien?

Rápidamente, Harper dobló la carta y la guardó en el sobre.

–Estoy bien –dijo mirando a Sebastian, que ya estaba sentado y con el cinturón abrochado–. Estaba leyendo una cosa.

–Te has quedado muy pálida. Ni que el avión estuviera a punto de caer.

–No me gusta volar –mintió y se guardó la carta en el bolso–, ni siquiera en un avión tan lujoso como este. El médico me ha recetado unas pastillas y espero no enterarme de nada hasta que lleguemos a Irlanda.

–¿Piensas dormir? ¿Y perderte cada minuto de este maravilloso viaje? –preguntó Sebastian alzando su copa de champán–. ¿Quieres que brindemos antes de que entres en coma?

Harper tomó su copa y trató de contener el temblor de su mano.

–¿Por qué brindamos?

–Por un viaje seguro, divertido y romántico –sugirió con una sonrisa pícara.

–Brindo por ello.

Chocó su copa con la de él y la vació de un trago. Sebastian la miró arqueando una ceja, pero lo ignoró. Necesitaba alcohol para tranquilizarse. Se abrochó el cinturón, se recostó en su asiento y cerró los ojos.

–Estarás bien –dijo para tranquilizarla–. Estás rodeada de amigos y familia, y me tienes a tu lado para darte la mano, si eso es lo que necesitas. No tienes de qué preocuparte.

Sabía que tenía razón, pero estaba muy nerviosa. No podía sentirse tranquila y relajada sabiendo que una de las personas que iba en aquel avión la estaba chantajeando. Iba a ser un viaje muy largo.

Capítulo Cuatro

–¡Vaya habitación!

Harper siguió a Sebastian hasta el interior de la habitación del hotel, contenta de haber llegado. El vuelo había transcurrido sin incidentes. Se había tomado las pastillas con otra copa de champán y se había despertado al aterrizar en Dublín. Aunque hubiera tenido el dinero para pagar al chantajista, no había tenido oportunidad de parar en un banco. Dos autobuses de lujo los habían recogido en el aeropuerto para llevarlos al castillo de Markree, a tres horas de viaje por la campiña irlandesa. El castillo y los parajes que lo rodeaban habían sido convertidos en un hotel en el que se hospedaría todo el grupo y en el que se celebraría la boda.

Sebastian había ido todo el camino contemplando el paisaje por la ventanilla, pero Harper había sido incapaz de disfrutar. No había dejado de analizar a cada persona que había pasado a su lado, sopesando su culpabilidad o inocencia. Aquello era lo peor de todo. No se trataba de un delincuente anónimo tratando de aprovecharse de ella. Era alguien a quien conocía, alguien en quien confiaba y no podía quitárselo de la cabeza.

Como si no tuviera bastante por lo que preocuparse durante aquel viaje. Observó a Sebastian sentarse en la cama y probar el colchón. No era una cama grande, lo que significaba que dormirían pegados. Había dado por sentado que, como en la mayoría de hoteles en Europa, la habitación tendría dos camas, pero habían acabado en una habitación para enamorados.

La habitación era pequeña, pero acogedora. Había toallas retorcidas con formas de cisnes en el baño, velas al borde de la bañera, cortinas de encajes y bombones con forma de corazones sobre las almohadas. Si aquel viaje lo hubiera hecho con otro hombre, Harper habría disfrutado de aquella atmósfera romántica, pero en aquel momento, fingir tener novio se le hacía insignificante. En aquel momento, deseaba que su único problema fuera su soltería. Tal y como iban las cosas, el universo parecía estarse confabulado contra ella.

–¿Qué te pasa?

–¿A qué te refieres? –preguntó Harper, volviéndose hacia Sebastian con el ceño fruncido.

–Te comportas de una forma extraña desde que nos subimos al avión. Pensé que serían los nervios, pero ya hace horas que aterrizamos y te sigues mostrando distante. Estamos en Irlanda y todos piensan que somos una pareja encantadora. Deberías estar contenta. ¿Qué te pasa?

Vaya suerte la suya ir a dar con un novio falso que sintonizaba tan bien con sus emociones. Quentin ni se hubiera dado cuenta, aunque rara vez le preocupaba alguien que no fuera él mismo. Abrió la boca para decirle que estaba bien, pero al verlo moverse se detuvo.

Sebastian se levantó de la cama, atravesó la habitación y fue a pararse justo delante de ella. Estaba tan cerca que podía tocarlo. Tuvo que hacer un esfuerzo para no buscar refugio en sus brazos. No había tanta confianza entre ellos para hacer una cosa así.

–Y no me digas que nada –insistió mirándola a los ojos–. Es evidente que te pasa algo.

Harper quería contárselo, necesitaba contárselo a

alguien. Quizá él supiera qué hacer, porque no tenía ni idea de cómo manejar la situación. Nunca antes la habían chantajeado. Se apartó de él para recoger su bolso de la mesa de la entrada, sacó el sobre y se lo entregó sin decirle nada.

Después de leer la nota, Sebastian frunció los labios en un gesto de desagrado. Su habitual aspecto relajado dio paso a una expresión de rabia. Cuando la miró, casi esperaba ver salir rayos de sus ojos. Sin embargo, lo que vio en ellos fue preocupación. Estaba furioso, pero no con ella.

–¿De dónde ha salido esto? –preguntó él, agitando la nota en el aire.

–Estaba en mi asiento cuando llegamos al avión –contestó, encogiéndose bajo el jersey.

–¿Por qué no me lo dijiste?

–¿Cuándo? Hemos pasado ocho horas encerrados en un avión con unas ochenta personas más, entre las cuales debe de estar el chantajista. Probablemente me ha estado observando, pero no le he dado la satisfacción de que me viera asustada. Pero estoy muy preocupada. Por suerte, tú eres el único que se ha dado cuenta.

Sebastian releyó la nota antes de devolvérsela.

–¿Crees que puede ser alguno de los invitados a la boda?

Harper se encogió de hombros y apartó la vista de sus tentadores labios. En aquel momento, lo que más quería era concentrarse en ellos, perderse en sus besos y olvidarse del lío en el que estaba. Tenía la impresión de que a él no le importaría darle un poco de distracción. Pero ese no era el momento. El chantaje era un asunto muy serio.

–Fuimos de los últimos en embarcar, así que cualquiera de los invitados pudo dejar el sobre. Como has leído en la nota, se supone que tengo que dejar el dinero en recepción.

Se sentó en la cama, estrujando la nota en la mano. A pesar de que se había contenido durante el vuelo, en aquel momento, en la intimidad de la suite del hotel, se dejó llevar por la angustia.

–¿Qué voy a hacer, Sebastian? –preguntó, apretando los ojos para contener las lágrimas.

–Tal y como yo lo veo, tienes tres opciones –dijo Sebastian sentándose a su lado–. La primera, ceder al chantaje. Mantendrías tu secreto, pero el chantajista tendría la sartén por el mango y en cualquier momento podría pedirte más dinero para seguir guardando silencio. Es un riesgo que tal vez merezca la pena correr. Pero no conozco tu secreto, así que solo tú tienes la respuesta.

–No podría pagarlo ni aunque quisiera. Ya te he contado que estoy en una situación económica delicada. Es posible que con tiempo pudiera pedir un préstamo al banco ofreciendo como garantía mi apartamento. Pero quieren el dinero esta noche, antes de la cena. Es imposible, teniendo en cuenta que estamos en medio de la campiña irlandesa. Ni siquiera en Dublín habría podido conseguirlo con tan poco tiempo.

–De acuerdo –dijo Sebastian después de oír su razonamiento–. La segunda opción es avisar a la policía. El chantaje es ilegal. Podrían buscar huellas en la nota, tal vez incluso dejar un paquete en recepción y detener al chantajista cuando fuera a recogerlo. Corres el riesgo de que tu secreto se sepa, pero al menos el delincuente recibirá su castigo.

Harper sacudió la cabeza. No quería perder su herencia y que todo el mundo descubriera lo que había hecho. Tampoco quería ver su nombre en los periódicos.

–¿Cuál es la tercera opción? –preguntó.

–Contar tú misma el secreto y quitarle el poder.

Podía hacer eso, pero perdería veintiocho millones de dólares. Solo la idea, le provocaba un nudo en el estómago. Se sentía entre la espada y la pared.

–No puedo. Echaría a perder todo por lo que tanto he trabajado.

Harper sintió el brazo de Sebastian alrededor de sus hombros y no pudo evitar apoyar la cabeza en su pecho. Le resultaba tranquilizador oír sus latidos y disfrutar de la calidez de su abrazo. Hacía mucho tiempo que nadie la abrazaba de aquella manera ni escuchaba sus preocupaciones. Sabía que había estado muy sola, pero no se había dado cuenta de cuánto hasta ese momento.

–Harper –dijo Sebastian después de un largo silencio estrechándola entre sus brazos–. Tengo que preguntarte algo, si quieres no me respondas. ¿Qué has hecho para que quieran chantajearte? No puedo ayudarte sin saber de qué estamos hablando.

Sabía que antes o después surgiría aquella pregunta. Temía tener que explicarle a alguien lo estúpida que había sido en su juventud, pero por alguna razón le parecía mucho peor tener que contárselo a Sebastian. Era un hombre de éxito, como su hermano. Nunca cometería los errores que ella había cometido. Necesitaba contárselo a alguien y él era el único al que no consideraba sospechoso porque no podía haberle dejado la nota en su asiento.

Harper suspiró y hundió el rostro en su pecho. Apretó la nariz contra su camisa e inspiró el olor de su colonia, mezclado con el de su piel. Era una sensación agradable.

–Soy una niña rica mimada –dijo por fin.

–Cuéntame algo que no sepa –replicó Sebastian inesperadamente.

Harper se irguió y lo miró frunciendo el ceño.

–Es broma –añadió él–. Por favor, continúa. Solo pretendía quitarle hierro al asunto.

–Mi abuelo estableció sendos fondos fiduciarios para mi hermano y para mí por treinta millones de dólares para cada uno. Cuando mi madre murió, mi abuelo decidió que sería mejor dividirlo en dos pagos: uno de dos millones cuando cumpliéramos dieciocho años y el resto al cumplir los treinta.

–Tiene sentido. Es más probable que alguien de dieciocho años malgaste todo el dinero y se quede sin nada.

–Exacto. Eso es básicamente lo que hice. Mi padre siempre me había dado todos los caprichos, así que cuando me fui a la universidad, seguí llevando la misma vida solo que esta vez con mi propio dinero. Empecé a tener dificultades y mi padre intervino. Pero cuando tuvo que hacer frente a sus propios problemas económicos, me quedé sola.

–Nada de lo que me has contado justifica un chantaje. ¿Te gastaste todo el dinero en drogas o algo así?

–¡Claro que no! Me lo gasté en zapatos, viajes, maquillaje, bolsos de marca... Tonterías, pero era a lo que estaba acostumbrada. Y no, no cometí ningún delito. Fui a Yale a estudiar Finanzas y, ya ves, no sabía ni cómo gestionar mi dinero. El problema vino cuando mi padre se divorció. A mi abuelo le preocupó que nuestro padre fuera un mal ejemplo y añadió una condición: si fundíamos el primer pago, no recibiríamos el segundo.

–¿Sabe lo que hiciste? –preguntó Sebastian.

–No. La mayor parte del dinero había desaparecido mucho antes de que añadiera esa cláusula, pero lo había depositado en una cuenta mía así que nadie sabía de mis finanzas. Pero se ve que alguien lo ha averiguado, y si no puedo reunir los cien mil dólares, voy a perder veintiocho millones.

Sebastian sintió que la sangre le hervía. Estaba convencido de que su médico no estaría muy contento si supiera que sus vacaciones se habían visto eclipsadas por un drama de la peor clase. Mientras avanzaba por el pasillo de piedra del castillo, oía sus latidos en los oídos.

Harper seguía en la habitación, sin parar de dar vueltas e intentando deshacer el equipaje. Había decidido dejarla sola para que tuviera intimidad. Lo cierto era que no quería que supiera lo furioso que estaba con toda aquella situación. Se había despertado en él un sentimiento protector hacia Harper. Era como si de verdad fuera su novia. Con ella acurrucada entre sus brazos, le resultaba difícil recordar que aquello era una farsa.

Antes de dejar la habitación, le había prometido guardar su secreto con una advertencia: si descubría quién le estaba haciendo chantaje, no podía prometerle que no se enfrentaría a aquel imbécil. Había crecido en un barrio marginal y, en cualquier momento, aquel chico que se había tenido que defender con sus propias manos, podía resurgir.

Mientras bajaba la escalera hacia el vestíbulo, se dio cuenta de que llevaba los puños apretados. Estaba tenso, apretando con fuerza su cuaderno bajo el brazo, dispuesto a pelear ante la más mínima provocación. Había salido de la habitación sin saber a dónde dirigirse y había puesto rumbo al vestíbulo. Quizá aquel delincuente estuviera merodeando por allí, a la espera de que le dejaran algo.

No estaba de ánimo para trabajar, así que dejó a un lado el cuaderno, tomó un ejemplar del periódico local y se sentó en una butaca frente a la chimenea. A pesar de que el verano estaba comenzando, estaban en la costa noroeste de Irlanda y hacía fresco. La chimenea ofrecía un lugar confortable y lejos de corrientes de aire en el que relajarse en aquel edificio de piedra.

Sebastian trató de leer el periódico, pero estaba más atento a las ideas y venidas. A aquellas horas había poco trasiego. Era como si todos hubieran sucumbido al *jet lag* y estuvieran durmiendo la siesta en sus habitaciones antes de la cena de bienvenida.

Después de unos treinta minutos, por el rabillo del ojo advirtió que alguien se acercaba al mostrador de recepción. Se volvió y vio que era Quentin, el ex de Harper.

Aquello tenía sentido. Harper le había contado que se había quedado sin dinero en la universidad y que había estado saliendo con Quentin hasta hacía unos años. Teniendo en cuenta que habían mantenido una relación estable, tenía que saber de sus dificultades y de que su economía estaba a punto de cambiar. Sí, tenía sentido. Pero ¿sería tan sinvergüenza como para sacar tajada?

Quentin esperó impaciente junto al mostrador a que volviera el recepcionista, y después de una breve conversación que Sebastian no pudo oír, se volvió y se dirigió al ascensor con las manos vacías. Mientras caminaba, echó un vistazo a su alrededor, con una expresión de agobio en la cara. Entonces, su mirada fue a encontrarse con la de Sebastian.

Podía darse la vuelta y disimular, pero en aquel momento, le daba igual que aquel canalla supiera que lo estaba observando. Se iba a llevar una gran decepción. A pesar de lo que Harper quisiera hacer, tenía razón en una cosa: era imposible hacerse en tan poco tiempo con cien mil dólares en un país extranjero. Si Quentin estaba detrás de aquel chantaje, había elegido mal las circunstancias.

Quentin apartó la mirada y le dio la espalda mientras esperaba el ascensor. Al cabo de unos segundos las puertas se abrieron y desapareció.

Sebastian estaba tan absorto en sus pensamientos, que no se dio cuenta de que alguien se acercaba a él.

–¿Puedo sentarme contigo?

Se volvió y reconoció al hermano de Harper. Había conocido a Oliver y a Lucy, su esposa, en el autobús, pero apenas habían hablado.

–Sí, por favor, siéntate. Trato de mantenerme despierto hasta la hora de la cena, así que me vendrá bien la compañía.

Oliver sonrió y se sentó en otra butaca. Tenía una copa llena de un licor de color ámbar.

–Te entiendo. Estos viajes provocan un desarreglo en el reloj interno. Espero disfrutar de una deliciosa cena, tomarme dos copas e irme a la cama a una hora razonable. No sé si Harper te ha contado que Lucy y yo tenemos unos gemelos de nueve meses. Ya no sé qué es dormir de un tirón.

–Ya me imagino. Seguro que aprovecháis el viaje para recuperar sueño.

–De hecho, Lucy está durmiendo ahora mismo. Le

dije que no lo hiciera para no trastornar las horas de sueño, pero me sugirió que me fuera a dar una vuelta –dijo Oliver y sonrió antes de dar un sorbo a su bebida–. Son un grupo de mujeres arrolladoras, incluida mi hermana. Nunca pensé que sería capaz de soportarlo y fíjate, aquí estoy. ¿Sabes en qué te estás metiendo, Sebastian?

–Estoy seguro de que me haré una buena idea durante este viaje –respondió–. De momento está siendo toda una experiencia y eso que es solo el primer día. Como no conozco a nadie, me dedico a observar. Siendo sincero, no soy muy sociable. Mi socio, Finn Solomon, es el rostro de nuestra compañía. Yo me dedico a dar vueltas en la cabeza a las ideas y a probarlas en el laboratorio.

–Yo solía ser así. Cuando heredé Orion de mi padre, la compañía era un desastre. Apple era el rey y los PC ya no gustaban, especialmente esas viejas torres que todo el mundo tenía en el trabajo o en el armario. Sacrifiqué mi vida personal para sentarme con los ingenieros y diseñar nuevos productos informáticos que volvieran a hacernos competitivos. Lo conseguimos y ahora puedo dedicarme a cosas más importantes, como a mi familia. Dime una cosa: ¿has estado casado alguna vez?

–No. Supongo que he estado demasiado ocupado con sacar adelante nuestra compañía como para casarme o tener hijos.

–¿Sabes? Todas las amigas de Harper se han casado recientemente. Después de la boda de Violet y Aidan de este fin de semana, Harper será la única soltera del grupo.

–Sí, ya me lo ha contado.

–Supongo que se siente presionada.

Sebastian miró a Oliver entornando los ojos.

–¿Te preocupa que Harper cometa un error conmigo por ser un soltero adicto al trabajo de treinta y ocho años? Supongo que estoy llegando a esa edad en la que uno se plantea la idea de formar una familia, pero hasta que conocí a Harper no se me había pasado por la cabeza.

–A mí me pasaba lo mismo hasta que Lucy apareció en mi vida como un huracán. Yo tampoco me sentía preparado para casarme o tener hijos, pero ella lo cambió todo. Sentí como si de repente se me abrieran los ojos y solo viera el futuro a su lado. ¿Te pasa lo mismo con mi hermana?

Sebastian no podía mentir en una cosa así. Le resultaba sencillo fingir sentirse atraído por Harper porque realmente así era. Pero ¿amarla, imaginarse un futuro juntos? Eso era otra cosa y no le cabía ninguna duda de que su hermano se daría cuenta.

–Hace tan solo unos meses que estamos juntos, pero creo que lo nuestro va en serio. Siento algo por tu hermana.

Y así era. No quería verla sufrir, ya fuera por su culpa, por la de Quentin o por la del chantajista. Eso significaba que sentía algo por ella, aunque apenas la conociese. Era difícil no hacerlo cuando se había visto inmerso en su mundo y en sus problemas tan rápidamente.

–Mira, no quiero caer en el estereotipo de hermano protector y amenazarte con que te las verás conmigo si le haces daño a mi hermana. Es un cliché y no creo que sea efectivo, y Quentin es buena prueba de ello. Eres el primer hombre con el que Harper sale en mucho tiempo y me alegro por los dos, pero también me preocupa. El hecho de que no haya contado nada y ahora lo esté anunciando a los cuatro vientos significa que está segura de lo que siente hacia ti, sea lo que sea. Mi hermana va de irónica y descarada, pero es solo la barrera que ha levantado para proteger lo sensible que es por dentro. Se disgusta con mucha facilidad.

Sebastian escuchó con atención. Aunque aquella relación no era real, se tomó muy en serio las palabras de su hermano. Ya se había dado cuenta del lado tierno de Harper, ese que le hacía preocuparse de lo que otra gente pensara de ella y por el que evitaba que sus secretos quedaran al descubierto. No había ninguna duda de que era vulnerable. Siendo sincero, aquel punto débil le estaba haciendo encariñarse con ella más de lo que había imaginado. No llevaba una vida loca y desenfrenada en Manhattan, y Sebastian sentía curiosidad por descubrir qué había en su cara oculta.

–Bueno, me alegro de que hayamos podido tener esta charla –dijo Oliver y miró la hora–. Será mejor que suba y despierte a Lucy para que tenga tiempo de prepararse para la cena. Nos veremos dentro de un rato.

–Hasta luego –dijo Sebastian.

Una vez Oliver desapareció del vestíbulo, volvió la vista hacia el mostrador de recepción. Hacía quince o veinte minutos que no se fijaba y cualquiera podía haberse acercado sin que él se diera cuenta mientras hablaba con Oliver.

Enfadado, dobló el periódico y decidió hacer lo mismo que Oliver. No quedaba mucho tiempo para la cena de bienvenida en el comedor y debía ir a cambiarse. Tomó su cuaderno y subió. Cuando se encontró a Harper le contó lo que había estado haciendo, obviando los detalles de la conversación con su hermano.

En su opinión, Quentin encabezaba la lista de sospechosos y no iba a quitarle los ojos de encima.

Capítulo Cinco

La cena de bienvenida fue breve puesto que todos estaban cansados, lo que fue un alivio para Harper. Aidan y Violet agradecieron a los invitados su asistencia y todas las parejas recibieron una bolsa con regalos, entre los que se incluía un programa de actividades, un mapa de la zona y algunas chocolatinas típicas irlandesas.

Harper apenas pudo concentrarse en la conversación. No dejó de pasear la mirada por los asistentes, preguntándose cuál de ellos estaría deseando ser cien mil dólares más rico antes de meterse en la cama. No vio a nadie observándola, ni nadie comportándose de manera extraña, pero aun así tenía la sensación de que alguien no le quitaba ojo. Se volvió hacia Quentin. Parecía algo abstraído y apenas hablaba con nadie.

Sus sospechas de que fuera su ex el que estaba detrás del chantaje se habían confirmado después de que Sebastian le contara que lo había visto merodeando por la recepción. Tenía sentido que fuera él. Conocía su situación, al menos hasta que habían estado juntos. La cuestión era si necesitaba el dinero hasta el punto de aprovecharse de ella. No tenía forma de saberlo. Lo único que sabía era que no se sentía cómoda estando en la misma estancia que él y estaba deseando volver arriba cuanto antes.

Al mismo tiempo que se levantaban para dejar el

comedor, Harper se dio cuenta de que estaba deseando regresar a su suite con Sebastian. Aquella tarde, cuando había vuelto a la habitación para prepararse para la cena, ella estaba arreglándose el pelo después de haberse vestido. Sebastian se había cambiado sin reparar en que ella estaba en el cuarto de baño, con la puerta abierta de par en par.

Había intentado no mirarlo a través del espejo mientras paseaba por la habitación en calzoncillos, preparando su ropa. Estaba convencida de que había sido la curiosidad y no el deseo lo que la había hecho fijarse en su cuerpo desnudo con tanta atención. Había imaginado que aquel científico tendría una cintura fofa, resultado de largas horas de laboratorio y de hábitos alimenticios no del todo saludables, pero nada más lejos de la realidad. Tenía un cuerpo esbelto y fibroso, con los músculos marcados bajo su piel bronceada. ¿Cómo era posible que tuviera aquel cuerpo si pasaba la mayor parte del día en un laboratorio?

–¡Ay! –había exclamado, volviendo su atención a las pinzas de rizar el pelo.

Se había chupado la quemadura del dedo y había seguido arreglándose el peinado, incluso cuando Sebastian había entrado en el cuarto de baño aún en ropa interior para lavarse la cara y peinarse. Para los hombres, era mucho más fácil.

–¿Podrías ponerte un albornoz o algo?

Al principio, se había quedado sorprendido por su petición, pero enseguida se había puesto un albornoz del hotel. Después, le había dado las gracias y la tensión se había desvanecido. Tras acabar de vestirse, habían bajado al comedor y se habían sentado juntos durante la cena, departiendo cortésmente con el resto de invitados.

Se habían sonreído, se habían hecho confidencias, habían compartido bocados y se habían mostrado todo lo enamorados que habían podido hasta que por fin había llegado el momento del merecido descanso.

Después de ver lo que se escondía bajo su ropa, Harper no estaba segura de que fuera a dormir bien esa noche. Subieron en silencio la escalera y, a medio camino, Sebastian rozó la mano con la suya. Ella se la tomó, pensando que lo hacía a propósito. Tenía razón. Deberían ir de la mano. Independientemente de lo que pasara entre ellos de puertas para adentro, no podía permitir que nada afectara la farsa que interpretaban ante los demás.

Pero tocarlo la perturbaba. Su mano era grande y cálida, y enseguida sintió una corriente extendiéndose por su brazo. Cuando llegaron a la habitación, la sangre le hervía en las venas. Tenía calor en aquel castillo frío y solo podía ser por Sebastian.

Le soltó la mano el tiempo suficiente para abrir la puerta y cederle el paso. Él la siguió al interior, cerró la puerta y echó el cerrojo.

No era la única que estaba acalorada. Mientras deshacía el lazo del cuello de la blusa que llevaba, Sebastian se quitó la chaqueta y se aflojó la corbata. Harper no pudo evitar clavar los ojos en él mientras se desabrochaba la camisa y dejaba al descubierto el vello oscuro de su pecho.

De repente le asaltó la idea de darle un beso en aquella parte del cuello. El cálido olor de su piel, el roce de su barba incipiente en sus mejillas, sus latidos junto a los labios... Un hormigueo recorrió todo su cuerpo, provocando que se le encogiera el estómago y los pechos se le hincharan bajo el sujetador.

Cuando su mirada nerviosa se cruzó con la de él, se encontró con una expresión interrogante.

–¿Qué? –preguntó antes de volverse para quitarse los tacones.

Sebastian se limitó a encogerse de hombros y se sentó en una silla para quitarse los zapatos.

–Te habías quedado mirándome y esperaba que dijeras algo. ¿Acaso me he manchado la camisa con el postre? –dijo bajando la vista a su impecable camisa gris.

Deseó que fuera un patoso, tal vez así podría ignorar aquella creciente atracción entre ellos. Sin embargo, además de atractivo, agradable y atento, había sido la compañía perfecta.

–No, es solo que estaba pensando en mis cosas.

Estaban a medio desvestirse y Harper no sabía muy bien qué hacer a continuación. De ninguna manera iba a decirle lo que tenía en mente. Si permanecía allí más tiempo, Sebastian continuaría desnudándose. Debería tomar su pijama y ponérselo en el baño. Así también él tendría intimidad.

Se volvió hacia donde tenía la maleta abierta y empezó a revolver en su contenido. Por suerte, sus pijamas eran discretos. Había incluido una prenda de lencería atrevida por si la necesitaba en algún momento para seguir su farsa, pero el resto eran de franela y manga larga para abrigarse de las frías noches irlandesas.

–Venga –dijo él.

Harper se volvió a tiempo de verlo quitarse el resto de la ropa.

–¿Qué estás haciendo? –preguntó, apretando el pijama contra su pecho al darse cuenta de lo que estaba haciendo.

Sebastian se sacó la camisa y apartó a un lado los pantalones que había dejado caer a sus pies.

–Me estoy desvistiendo. No podemos pasar la semana evitándonos o la gente va a empezar a hacer preguntas. Compartimos habitación y no importa lo que pase o deje de pasar en la cama. Tenemos que sentirnos cómodos juntos. Tú misma lo dijiste cuando acordamos todo este asunto –dijo abriendo los brazos, vestido con los mismos calzoncillos de antes–. Mírame bien. Tengo un cuerpo normal.

Harper lo observó confundida a la vez que curiosa mientras se exhibía ante ella. Su cuerpo no era normal. Deslizó la mirada por sus bíceps hasta el vello que cubría su pecho y que bajaba hasta la cinturilla elástica de sus calzoncillos. Estaba tentada de seguir bajando cuando se dio la vuelta para que viera su espalda musculosa y las curvas de su trasero.

–¿Y bien? –preguntó él.

–¿Por qué estás tan moreno? –dijo para disimular el bochorno que sentía.

–¿Te quedas mirando mi culo y lo único que me preguntas es por qué estoy moreno? –replicó sonriendo–. En mi edificio hay una piscina en la azotea y me gusta nadar. Es mi manera de aliviar el estrés, aunque al parecer no es suficiente. Los gimnasios me resultan aburridos.

–¿Qué quieres decir con que no es suficiente?

Sebastian frunció los labios y sacudió la cabeza.

–Nada, es solo que es imposible aliviar completamente el estrés cuando uno se dedica a lo que yo hago –dijo y bajó la vista antes de volver a mirarla–. ¿Ya has visto suficiente?

Harper asintió nerviosa.

Sebastian sacó unos pantalones de pijama de su maleta y se los puso.

–Ahora, cuando les cuentes a tus amigas que me has visto sin pantalones, no tendrás que mentir –añadió con una sonrisa traviesa.

Harper sonrió, aferrada a su pijama como si fuera un escudo protector. Después de aquello, era una tontería irse al baño para cambiarse, pero ¿sería lo suficientemente valiente para hacerlo delante de él?

–Tu turno.

–¿Qué? –dijo sin poder disimular el pánico en su voz.

¿De veras esperaba que se quedara casi desnuda?

–Tranquila, Harper, solo estaba bromeando.

Harper rio nerviosa.

–¡Oh!

–Estoy seguro de que tienes un cuerpo bonito, aunque no hay nada que no haya visto antes.

Harper no supo si sentirse aliviada u ofendida. Ya le había dicho antes que era bonita, pero en aquel momento no parecía interesado en ver su cuerpo desnudo. Tal vez estaba empleando con ella psicología inversa, pero de repente sintió el impulso de quitarse la ropa y de demostrarle que estaba equivocado. En contra de su mejor criterio, decidió ser valiente y ponerlo a prueba.

–Me alegro de saberlo.

Dejó el pijama al pie de la cama y se quitó la blusa por la cabeza. Se colocó los tirantes del sujetador sin prestar atención a Sebastian y se bajó la cremallera de su falda antes de dejar que cayera a sus pies. Luego, se inclinó lentamente para recogerla del suelo y darle tiempo para que se fijara en su firme trasero y en su tanga color crema. Pasaba muchas horas en el gimnasio, así que confiaba en dejarlo impresionado.

Quería volverse y mirarlo. Sentía su mirada en su cuerpo y quería ver el deseo en sus ojos, pero por alguna razón, no se atrevía a mirarlo. No estaba segura de si actuaría en consecuencia o lo ignoraría. Tal y como iban las cosas, pasarían la noche deseando algo que no podían tener.

Así que decidió no darse la vuelta. Era suficiente con saber que no se había movido de donde estaba. Se puso el pijama de franela, abrió el botón de la parte superior y se dispuso a desabrocharse el sujetador. Antes de que pudiera deslizarse los tirantes por los hombros, vio movimiento por el rabillo del ojo y a continuación la puerta del baño cerrarse. Al poco, oyó correr el agua de la ducha.

Adiós a sentirse cómodos el uno con el otro, pensó Harper y siguió poniéndose el pijama con una sonrisa en los labios.

Era solo el primer día, pero ya adivinaba que iba a ser un viaje aburrido. No era lo que había imaginado cuando les habían invitado a la glamurosa boda de Violet Niarchos y Aidan Murphy. Sí, habían viajado en un lujoso avión y se estaban hospedando en un castillo, pero seguramente sería más entretenido ver a la reina de Inglaterra tomando el té que estar encerrada entre aquellos muros de piedra con un puñado de millonarios fanfarrones.

En el avión, había oído a la organizadora de la boda hablando con su secretaria acerca de las actividades para esa semana, a cual más aburrida: un torneo de golf para los hombres, una merienda de té para las mujeres y excursiones para ir de compras a alguno de los pueblos costeros.

Podían haber pasado al menos una noche en Dublín. Todas aquellas personas con las que se cruzaba por los pasillos tenían una fortuna, pero ninguna de ellas sabía cómo divertirse con su dinero.

Si no fuera por el chantaje, aquel viaje habría sido una pérdida de tiempo. De momento no había conseguido el dinero, pero se estaba entreteniendo. Ver a Harper agobiada por el chantaje le resultaba divertido. Aquella princesa caprichosa y mimada iba a acabar pagando. Podía permitírselo. Era una pequeña fracción de la fortuna que iba a recibir de su abuelo. No había tenido que trabajar para ganarse ese dinero, le había caído del cielo solo por nacer en el seno de una familia rica.

Aunque todavía no dispusiera del dinero, pronto lo haría. Seguramente se lo pediría prestado a una de sus amigas millonarias, a su hermano o incluso a aquel nuevo novio que tenía. Cualquiera en aquel viaje podía facilitarle ese importe sin inmutarse, lo único que tenía que hacer era pedirlo.

Harper no se merecía veintiocho millones de dólares. Ni siquiera los veintisiete millones novecientos mil que le quedarían después de que le pagara el chantaje.

Ella sí que se los merecía, los necesitaba, e iba a conseguirlos antes de que la semana terminara.

Aquella fue la noche más larga en la vida de Sebastian.

Se había quedado en el baño más tiempo del necesario. Después de ducharse y de intentar calmarse, se había cepillado los dientes meticulosamente, se había enjuagado la boca y se había lavado la cara. Cualquier cosa con tal de borrar de su cabeza la imagen de Harper desnuda.

Porque era como si se hubiera quedado desnuda. Aquel tanga provocativo apenas dejaba nada a la imaginación con ese color tan parecido a la piel que parecía fundirse con ella. Había intentado mantener la calma y comportarse con naturalidad al empezar aquel juego. Había apretado los dientes, pensado en las cosas menos excitantes que se le habían ocurrido e incluso cerrado los ojos durante unos segundos. Pero no había sido capaz de apartar la mirada. Cuando había visto que iba a quitarse el sujetador, había tenido que irse.

Habría sido eso o… No, esa no era una opción.

La suya era una relación fingida. A pesar de las confidencias y las carantoñas que se hacían en público, nada era real. No estaban enamorados. Apenas se conocían. Cuando había accedido a participar en aquella farsa, había pensando que no sería difícil hacerse pasar por el novio de Harper. Pero en aquel momento deseaba tanto que fuera real, que con tan solo oler su perfume tenía una erección.

Cuando había salido del baño, casi todas las luces estaban apagadas y Harper en la cama. Estaba tumbada de lado, dándole la espalda, así que se había metido en la cama y había apagado la lámpara de su mesilla para dormirse sin volver a mirarla.

Al menos, esa había sido su intención. Sin embargo, no había podido dormir. Había pasado la noche dando vueltas. Se sentía inquieto, desbordado por una energía que no podía contener. Debería haber estado cansado después de pasar todo el día despierto, tratando de acostumbrarse al cambio horario, pero no. Lo único que a su cuerpo le preocupaba era la mujer que yacía a escasos centímetros de él.

Recordaba haber visto la claridad del amanecer cuando por fin se había quedado dormido. Lo siguiente que oyó fue el agua de la ducha correr. Cuando Harper salió del cuarto de baño, por suerte completamente vestida, se sentó en una silla y empezó a revolver en la bolsa de obsequios que habían recibido la noche anterior.

–¿Qué hay previsto para hoy? –preguntó Sebastian desde la cama, con la voz aún somnolienta.

–Una excursión en autobús a una ciudad cercana llamada Sligo para hacer turismo y compras. Sale a las diez, justo después del desayuno.

–¿Y cuándo es el desayuno?

–En quince minutos.

–Estaré listo en diez –dijo saltando de la cama y yéndose directo a la ducha.

Rápidamente se lavó el pelo y el cuerpo, se atusó la perilla y, tal y como había anunciado, estuvo listo en diez minutos. Al igual que Harper, había elegido la comodidad de unos vaqueros y una camiseta para la excursión. A punto de salir de la habitación, Sebastian reparó en que los vaqueros que llevaba se ajustaban como una segunda piel a sus caderas y no pudo evitar volver a recordar las imágenes de la noche anterior.

–¿Pasa algo? –preguntó ella.

–No –contestó–. Estaba pensando qué chaqueta ponerme.

Sacó un cortavientos del armario y se lo colgó del brazo para cubrirse por delante mientras bajaban la escalera para desayunar.

–¿Señorita Drake? –la llamó una voz en el vestíbulo cuando se dirigían al comedor.

Se detuvieron y se volvieron hacia el mostrador de recepción, desde donde una empleada los estaba mirando. La mujer tenía un sobre en la mano.

Sebastian sintió un nudo en el estómago. Era igual que el que Harper había recibido en el avión. No sabía por qué no le sorprendía. No había cumplido el plazo de la nota anterior, así que había llegado otra. Era una lástima no haber estado en el vestíbulo para ver quién la había dejado allí. Cuando la noche anterior le había contado a Harper que había visto a Quentin merodeando por la recepción, no se había sorprendido, lo cual había confirmado su idea de que era el principal sospechoso.

–Tengo un mensaje para usted –añadió la mujer.

Se acercaron juntos al mostrador y Harper tomó el sobre que le tendía y en el que estaba escrito su nombre con letras mayúsculas.

–Gracias.

–¿Por casualidad estaba trabajando cuando dejaron el sobre? ¿Vio quién lo trajo? –preguntó Sebastian.

–No, señor, acabo de empezar mi turno. Mi compañera me dijo que lo trajeron esta mañana temprano. ¿Hay algún problema?

–No –contestó Sebastian con una sonrisa tranquilizadora–. Gracias –añadió y se volvió hacia Harper, que se había quedado tan pálida como el sobre–. Subamos. Ya desayunaremos más tarde.

Ella asintió distraída y dejó que la condujera fuera del vestíbulo. Sebastian miró a su alrededor buscando a alguien que pudiera estar curioseando por allí, pero apenas había gente, tan solo una pareja leyendo revistas en un rincón. Seguramente todos estarían en el comedor, disfrutando de su primer desayuno irlandés.

De vuelta en la habitación, acompañó a Harper hasta el sofá y se sentó a su lado.

–¿Sabes? Con todo el lío de anoche, se me olvidó que tenía un plazo. Esta mañana ni me he acordado. ¿Cómo es posible que se me haya pasado una cosa así? Cuando he visto el sobre en manos de esa mujer, he recordado el lío en el que estoy. No quiero abrirlo.

–¿Por qué?

–Porque no va a decir nada bueno. El chantajista estará enfadado porque no le he entregado el dinero. Esa nota solo puede decir dos cosas: o me da una nueva oportunidad para que le pague o me informa de que mi secreto ha dejado de serlo. Tal vez, todos los que están en el comedor sepan ya la verdad sobre mí.

–No sabrás lo que dice hasta que no lo abras.

Harper suspiró, deslizó el dedo bajo la solapa del sobre y lo abrió. Sacó otra pequeña tarjeta, idéntica a la primera, y con la misma caligrafía en letras mayúsculas. A continuación, la leyó:

–«Parece que hubo algún problema con el pago, Harper. Ayer fue un día agotador por el viaje, así que voy a darte otra oportunidad para que me des lo que quiero. Esta vez, para hacerlo más fácil, mete cien mil euros en un sobre y déjalo en recepción antes del mediodía de mañana. No vuelvas a defraudarme».

Harper dejó caer la mano sobre el regazo, consternada.

–Estupendo, ahora la cantidad ha subido. Cien mil euros equivalen a ciento veinte mil dólares. Qué curioso, ¿no? –dijo llevándose la mano a la boca para sofocar un sollozo–. No pude pagar los cien mil y ahora espera que le pague más.

Sebastian la rodeó con su brazo y la estrechó contra él. Odiaba verla tan disgustada. No era una persona violenta, pero si pudiera ponerle las manos encima a aquel chantajista, no estaba seguro de lo que haría.

–¿Qué voy a hacer? No me va a dejar en paz, no tengo el dinero.

–¿Confías lo suficiente en tus amigas o en tu hermano? –preguntó acariciándole el pelo.

–¿Confiar lo suficiente para qué?

–Para que te presten el dinero. Cuando llegue tu cumpleaños, se lo devolverás.

Harper se apartó y se secó las lágrimas.

–No puedo hacer eso.

–¿Crees que no te lo prestarían?

–Por supuesto que sí, pero no puedo pedírselo. No quiero abusar de su amistad ni que sepan por qué me hace falta. Creerían que me he metido en algún problema.

–¿Y no es así?

–Sí, pero no quiero que se enteren. Todo este asunto es embarazoso. De verdad, aunque no corriera el riesgo de perder mi herencia, no querría que nadie se enterara de mis problemas económicos. Soy contable. Daría muy mala imagen.

Sebastian le acarició la espalda, valorando las posibilidades. En un principio, no había estado a favor de ceder al chantaje, pero el problema no desaparecería. Aquella persona estaba empeñada en conseguir el dinero o arruinar la vida de Harper.

–¿Y acudir a un banco?

–¿A qué te refieres? –preguntó ella, mirándolo confusa.

–¿Por qué no averiguas si algún banco local te presta el dinero? Cuando vayamos a la ciudad, podemos ir a algún banco y ver qué posibilidades tienes.

–No creo que demasiadas. Si por casualidad me concedieran el préstamo, sería a un interés alto.

–No necesariamente –dijo Sebastian–. ¿Y si te avalo?

Harper lo miró con una expresión que no supo descifrar.

–¿Hablas en serio?

–Sí.

–Es muy amable de tu parte, Sebastian, pero no puedo pedirte que hagas eso. No estaría bien.

–¿Por qué? Tú serás la que devuelvas el dinero, eso te corresponde a ti.

Harper parpadeó varias veces seguidas, como si estuviera considerando su ofrecimiento.

–¿De veras harías eso por mí?

–Claro. Eres mi novia. ¿No crees que al chantajista no le extrañaría que no pudieras reunir el dinero teniendo un novio millonario?

Sebastian no esperaba que se lanzara a sus brazos y, antes de darse cuenta, Harper unió los labios a los suyos. Al igual que en Neiman Marcus, se mostró muy agradecida. Esta vez no estaban en público, así que no fue un beso casto.

Tenía que reconocer que llevaba deseando ese beso desde el anterior. No tenía nada que ver con los arrumacos que le hacía en público. Aquel fue un beso de verdad, en el que pudo saborear el frescor de la pasta de dientes en su lengua y dejar que sus manos vagaran hasta descubrir que llevaba un sujetador de encaje bajo la camiseta de manga larga.

El beso se volvió apasionado cuando sus manos rodearon sus pechos por encima de su camiseta. Harper gimió suavemente junto a su boca y se acercó a él en el sofá. Sería muy fácil tirar de ella hasta sentarla en su regazo, quitarle la camiseta por la cabeza y hundir el rostro entre aquellos pechos que apenas había vislumbrado la noche anterior. Pero no lo haría y menos en aquel momento.

A pesar de que no quería, Sebastian se obligó a apartarse. Aquel no era ni el sitio ni el momento. Si su relación ficticia con Harper estaba pasando a ser real, no quería que fuera porque se sentía emocionalmente comprometida o en deuda con él.

Apoyó la frente en la de ella, respiró hondo y rio para sí mismo.

–¿Por qué te ríes? –preguntó ella.

–Si hubiera sabido tu reacción, me habría ofrecido antes a ser tu avalista.

Harper sonrió y sacudió la cabeza.

–Vayamos abajo, no sea que perdamos el autobús a Sligo.

Capítulo Seis

–Borra esa expresión de angustia de tu cara.

Harper aferró el bolso contra su pecho y miró a Sebastian con el ceño fruncido.

–No puedo evitarlo. No me gusta ir por ahí con tanto metálico encima.

–No estás en Manhattan. Vas en un autobús, rodeada de amigos, recorriendo la campiña irlandesa. En un rato estaremos de vuelta en el castillo.

Harper suspiró y sacudió la cabeza, desviando su atención hacia el paisaje del otro lado de la ventanilla. Irlanda era una país precioso lleno de colinas esmeraldas, valles brumosos y una costa virgen y salvaje del que estaba deseando disfrutar. Siempre había querido viajar a Irlanda, pero nunca había podido hacer el viaje. Ahora que estaba allí, solo podía pensar en los veinticinco mil euros que llevaba en el bolso y en el canalla al que iba a entregárselos.

–Tal vez B. Mayler esté en el autobús. ¿No se te ha pasado por la cabeza? Tal vez nos haya seguido a la ciudad.

Sebastian volvió la cabeza para mirar a la gente que había en el autobús.

–Lo dudo. Además, no le haría falta robártelo. Estás a punto de dárselo.

Tenía razón. No había visto a Quentin ni en el autobús ni durante la excursión. Imaginaba que lo encontrarían en el vestíbulo a la vuelta, esperando a que dejara el paquete en la recepción, sobre todo después de que Sebastian lo viera merodeando por allí la noche anterior. Se iba a llevar una gran decepción.

Veinticinco mil euros, no cien mil: eso era todo lo que el banco le había dado, incluso con el aval de Sebastian. Tal vez el chantajista se contentara con la cuarta parte hasta que pudiera conseguir el resto.

Por enésima vez volvió a comprobar que el puñado de billetes siguiera en su bolso. Estaba en un sobre blanco, junto a una nota que explicaba que aquella cantidad era todo lo que podían darle hasta que volviera a los Estados Unidos. Su intención era dejarlo en recepción nada más llegar al hotel. Quizá entonces pudiera relajarse.

Al llegar al camino de grava que daba acceso al castillo Markree, cerró el bolso para asegurarse de que el sobre no se cayera. Sebastian permaneció a su lado al salir del autobús y dirigirse al hotel.

A pesar de su situación, le agradaba tenerlo a su lado. Había accedido a hacerse pasar por su novio y disfrutar de unas vacaciones pagadas, y había acabado viéndose implicado en una trama de chantaje. Estaba siendo su tabla de salvación, su paño de lágrimas y, en aquel momento, su guardaespaldas. No sabía cómo agradecerle todo lo que estaba haciendo por ella. Si hubiera ido sola a aquel viaje, no sabía qué habría sido de ella.

Se detuvieron en el mostrador de recepción el tiempo suficiente para entregarle el paquete a la empleada y darle instrucciones. La mujer lo metió en un casillero que había en la pared y siguió trabajando como si tal cosa.

–Vayamos arriba –sugirió Sebastian–. Tenemos que

marcharnos de aquí para que pueda venir a recoger el dinero.

Harper no protestó y se limitó a tomarle del brazo. Le agradaba sentir la fortaleza de su cuerpo junto al suyo. Significaba mucho tenerlo a su lado. Hacía mucho tiempo que no disfrutaba de una sensación así.

Al entrar en la suite, se dio cuenta de lo sola que había estado. Incluso cuando había estado con Quentin le había faltado algo.

Pero Sebastian conocía todos sus secretos y seguía estando a su lado. Al menos, de momento. No sabía si volverían a verse cuando regresaran a Nueva York, pero tenían el presente y con eso se conformaba. A su lado, no se sentía sola ni tenía que fingir ser quien no era. Era un alivio poder bajar la guardia y relajarse por primera vez en su vida.

Se volvió para mirar a Sebastian. Sus grandes ojos oscuros la estaban observando desde el otro extremo de la habitación. Parecía estar constantemente estudiando el mundo que lo rodeaba, incluyéndola a ella. La idea de que pudiera estar analizándola le provocó un acaloramiento que la obligó a quitarse la chaqueta.

Era uno de los hombres más intensos que había conocido y, en aquel momento, quería perderse en esa intensidad.

–Sebastian.

Fue todo lo que dijo, consciente de que su tono expresaba mucho más que un simple nombre. Él la miró entornando los ojos y se mordió el labio inferior mientras se acercaba a ella. Cuando estuvo lo suficientemente cerca como para tomarla entre sus brazos, no la rozó. Se limitó a estudiarla de arriba abajo.

Le correspondía a ella dar el siguiente paso. La relación estaba basada en unos parámetros que ella había impuesto. Si iban a cruzar la línea, le correspondía a ella hacerlo, y estaba más que dispuesta.

Antes de que pudiera arrepentirse, sus labios buscaron los suyos. El beso de aquella mañana había dejado claro que entre ellos había algo más que un simple acuerdo. A pesar de que se suponía que la suya era una relación fingida, una fuerte atracción los unía.

–Hazme olvidar todo esto –dijo en un susurro desesperado junto a la barba incipiente de su mejilla.

Sebastian estaba más que dispuesto a darle lo que pedía. En cuestión de segundos, le quitó la camiseta y deslizó su boca hambrienta desde su cuello hasta el valle entre sus pechos. Luego le mordisqueó aquella piel delicada mientras le desabrochaba el sujetador y lo dejaba caer al suelo.

Las sensaciones eran tan abrumadoras que Harper se limitó a cerrar los ojos e intentar asimilarlas. Rápidamente, Sebastian cubrió sus pechos desnudos con las manos y ella gimió al sentir que sus pezones se endurecían bajo sus palmas. En cuanto cerró la boca sobre uno de ellos, Harper echó la cabeza hacia atrás y gritó mirando al techo. Su lengua cálida lamió su piel antes de chuparla con fuerza y morderla suavemente hasta hacerla jadear. Ella se abrazó a su cabeza, tratando de atraerlo mientras hundía los dedos en las ondas de su pelo oscuro. Necesitaba sentirlo más cerca.

Entonces, Sebastian se apartó. Se puso de pie y la tomó por la cintura sin dejar de mirarla a los ojos. Parecía estar memorizando cada detalle, desde la curva de sus labios hasta la pequeña cicatriz que tenía encima de una ceja.

De repente se sintió cohibida, con los pechos desnudos y expuestos a su mirada. Deseó apagar la luz, cubrirse, apartarse antes de que encontrara algo que no le gustara de su cuerpo.

–Eres muy bonita –susurró sacudiendo la cabeza.

Harper apartó aquellas preocupaciones para sentirse tan bonita por dentro como la veía por fuera.

La condujo hasta la cama y la empujó hasta hacerla sentarse en el borde. Harper se echó hacia atrás mientras él avanzaba y apoyaba su rodilla izquierda sobre el colchón, a un lado de ella. Luego, comenzó a dibujar círculos sobre su vientre.

Le excitaba a la vez que le hacía cosquillas. Trató de quedarse quieta bajo sus caricias, pero fue incapaz. Sebastian continuó bajando su mano hasta que sus dedos rozaron el botón de sus vaqueros. Enseguida se los desabrochó y le bajó la cremallera, deslizando la mano por el encaje que cubría su sexo. Harper jadeó al sentir que le acariciaba aquella zona tan sensible y arqueó la espalda sobre la cama.

Como el ingeniero que era, Sebastian clavó su mirada en ella y se quedó estudiando cada una de sus reacciones. Con una sonrisa de satisfacción, deslizó las manos hasta su espalda, tomó la cinturilla de sus vaqueros y se los bajó por las caderas hasta quitárselos. Luego, acarició sus piernas, recorriendo cada centímetro de su piel. Su boca siguió el recorrido, dejando un reguero de besos en sus tobillos, sus gemelos, sus rodillas y el interior de sus muslos. Cuando llegó a las bragas, Harper pensó que se las quitaría como había hecho con los vaqueros. Sin embargó, tiró de ellas hasta arrancárselas y tiró a un lado los trozos de tela.

–Así está mucho mejor.

Con nada que se interpusiera, le separó los muslos

y se inclinó para acariciar con su lengua aquella zona recién descubierta.

–Me tendrás que comprar bragas nuevas. Esas me costaron veinticinco dólares y no tengo dinero para comprarme otras.

–Muy bien… te compraré tres pares… por cada una que rompa –dijo, deteniéndose a cada poco para seguir torturándola con su lengua.

–¿Tienes pensado rompérmelas todas?

–Depende.

Le separó aún más las piernas y las caricias de su boca se volvieron más intensas hasta hacerla estremecerse.

–¿De qué depende? –preguntó jadeando, aferrada a las mantas.

–De si se interponen en mi camino.

Harper tomó nota mental para no sacar de la maleta su ropa interior preferida. Aquel fue su último pensamiento coherente.

En ese instante, Sebastian la penetró con dos dedos. Los hundió hasta el fondo y dejó la mano apoyada sobre su clítoris. Luego, comenzó a mover toda la mano y ella empezó a sacudirse. Aquella combinación no se parecía nada a cualquier otra cosa que hubiera sentido antes. Enseguida empezó a gritar y jadear, incluso mucho antes de correrse. Las sensaciones eran indescriptibles.

Pronto la asaltó un orgasmo violento y todo su cuerpo se sacudió. No estaba preparada para aquellos espasmos. Se estremeció y se retorció contra su mano, gritando mientras se liberaba, hasta quedarse sin apenas fuerzas. Tuvo que hacer un gran esfuerzo para alargar el brazo, tomar su mano y apartársela. No podía seguir soportando aquello.

Harper cerró los ojos y se desplomó sobre el colchón. Tenía la piel caliente y enrojecida, y las mariposas seguían aleteando en su estómago. Tragó saliva y sintió que le ardía la garganta. Nunca antes había tenido un orgasmo tan intenso en su vida. Tan pronto como se recuperó, deseó volver a repetirlo.

Notó que Sebastian se levantaba de la cama y lo oyó irse al baño. Cuando volvió, abrió los ojos. Se había quitado la ropa y se había puesto el pijama. Se metió en la cama junto a ella y tiró de la manta para cubrirlos.

Harper se quedó sorprendida. Pensaba que no habían terminado. Ella había quedado satisfecha, pero creía que él también buscaría su disfrute. Tal vez no tenía preservativos, así que no podía olvidarse de comprarlos antes de que volvieran a estar juntos.

Sebastian se acostó de lado y la abrazó, atrayéndola hacia su cuerpo cálido.

–¿En qué estás pensando? –preguntó él.

–En nada –contestó Harper.

En aquel momento, era incapaz de formar una frase coherente.

–Estupendo, misión cumplida –dijo él.

–¿Sabes de qué me he dado cuenta?

Sebastian trató de espabilarse para emitir algún sonido en respuesta a la pregunta de Harper.

–¿Eh?

–Me he dado cuenta de que no sé nada de ti, y tú sabes mucho de mí.

Aquella cuestión fue suficiente para sacarlo del dulce sueño en el que había caído. Al parecer, apenas le había durado la relajación que seguía al orgasmo, y volvía a estar muy activa.

Completamente despierto, suspiró.

–Eso no es cierto. Antes del viaje, estuvimos hablando para preparar esta farsa.

Harper se acurrucó contra su pecho y acarició el vello oscuro de su pecho.

–Sí, estuvimos hablando, pero apenas me diste detalles. Conoces mis secretos y lo único que sé de ti es que estudiaste en el Instituto Tecnológico de Massachusetts.

–No hay mucho más que contar –mintió, porque era lo que quería que la gente creyera–. Mi vida fue aburrida y sin sobresaltos hasta que fui a la universidad y conocí a Finn. Luego fundamos la compañía, inventamos algunas cosas y nos hicimos ricos. Mi vida sigue siendo aburrida, pero ahora tengo dinero. A diferencia de ti, no hay dramas ocultos ni fondos fiduciarios ni chantajes. De verdad, créeme, no te pierdes nada.

En parte se sintió mal por mentirle a Harper después de haberle provocado un orgasmo. Había sido franca al hablarle de su vida, pero lo había hecho por necesidad y no porque hubiera querido. Si no se hubiera visto implicado en todo aquel asunto del chantaje, no le habría contado nada. Y no le parecía mal, simplemente no podía esperar que él también le contara su vida.

Claro que tampoco tenía secretos inconfesables ni escándalos. Su origen humilde había sido lo único que había tenido que ocultar cuando, en contra de su voluntad, había entrado a formar parte de la sociedad de Manhattan.

Al principio, Harper se había enfadado con él por no haberle dicho que era rico. No era algo que fuera por ahí contando. Sebastian no se comportaba como aquellos ejecutivos de Manhattan ávidos de poder, así que nadie lo tomaba por uno de ellos. Finn destilaba riqueza y prestigio, con su buen porte y su facilidad de palabra. Nadie dudaba de que fuera el presidente de BioTech.

Sebastian prefería pasar desapercibido. No le gustaba cómo cambiaba la gente cuando descubrían que era rico. De repente, se comportaban como si fuera más importante y dijera cosas más interesantes. Pasaba de ser ignorado a recibir invitaciones para jugar al *squash* en el club. No jugaba al *squash* ni tenía ningún interés en aprender. Era todo cuestión de percepción. Su riqueza influía en cómo la gente lo veía.

Y lo mismo pasaría si sus amigos ricos descubrían que provenía de un entorno humilde.

En aquel momento estaba durmiendo bajo el mismo techo que algunos de los empresarios más poderosos y millonarios de Manhattan. Cuando le habían presentado como uno de ellos, lo habían acogido con los brazos abiertos. Teniendo su propia compañía, seguramente lo consideraban lo suficientemente bueno para Harper. Pero ¿pensarían lo mismo si supieran que había salido de la pobreza, que sus padres seguirían viviendo en la misma caravana en la que se había criado si no hubiera hecho su primer millón?

Harper tenía problemas económicos, pero aun en sus peores momentos tenía más dinero del que había tenido su familia durante su infancia. Había tenido que esforzarse para conseguir las becas con las que había podido ir a la universidad y hacer una carrera. Nadie le había regalado nada.

A pesar de que se había mostrado comprensivo cuando le había contado que había malgastado los primeros dos millones de su herencia, en su interior se había sorprendido. Finn había contado con un dinero de su familia que les había ayudado en sus inicios, pero que no había sido suficiente. ¿Qué habría hecho Sebastian si alguien le hubiera dado dos millones para poner en marcha BioTech? Habrían podido alquilar unas oficinas representativas en lugar de trabajar en un garaje durante el primer año y seguramente habrían conseguido mucho antes sacar a la venta su primer gran producto.

Ella se había gastado ese dinero en bolsos y zapatos.

Era evidente que había madurado. No solo se las había arreglado para salir adelante, sino que había conseguido que nadie se diera cuenta de que ya no era rica. Pero estaba por ver si cuando recibiera el resto del dinero volvería a las viejas costumbres.

Le llevaría más tiempo gastar los veintiocho millones, pero todo era posible. ¿Y entonces qué? Ya no podría contar con un tercer pago a menos que algún familiar muriera o que se casara con algún millonario.

Sebastian suspiró y bajó la vista para mirar a Harper, que dormía profundamente sobre su pecho. No quería pensar en ella así. No le había parecido la típica cazafortunas de Manhattan, aunque sí se había mostrado más interesada en él una vez se había enterado de que era rico y no un simple vendedor de sillas de ruedas. Sí, podía imaginarse el estilo de vida glamuroso que debía de haber llevado en otra época. Teniendo en cuenta que las cosas entre ellos se habían precipitado, a una parte de él le intrigaban cuáles serían sus verdaderos motivos.

Hacía tan solo dos años que había estado enamorada de aquel rastrero de Quentin, un tipo que podía estar chantajeándola en aquel momento. Ella misma había reconocido que nunca había sabido elegir bien a los hombres y aquel tipo era un buen ejemplo de que le atraía más la apariencia que el fondo.

Dicho aquello, parecía sinceramente atraída por Sebastian. No le había pedido nada, aunque ambos sabían que podía pagar aquel chantaje y poner fin a todo aquello. Le había costado aceptar que le avalara el préstamo y, aun así, le preocupaba qué pretendía Harper.

No le importaba intimar físicamente con ella. Lo cierto era que se alegraba. Rodear su cálido cuerpo entre sus brazos era una de las mejores cosas que le habían pasado en mucho tiempo. Le habría gustado llegar más lejos, pero sabía que echar el freno cuando lo había hecho había sido una buena decisión. Había sentido su corazón acelerarse al verla correrse y había decidido detenerse ahí. Le había prometido ayudarla a olvidarse de sus problemas y eso era lo que había hecho.

El médico le había dicho que él mismo se daría cuenta de su mejoría. Había pasado casi una semana del infarto, así que esperaba que no faltara mucho. Pero eso era todo lo lejos que estaba dispuesto a llegar con Harper, al menos, de momento. Había demasiadas incógnitas como para permitir que aquella relación falsa fuera algo más que una aventura de vacaciones.

Una vez regresaran a Nueva York, él volvería a su laboratorio, ella heredaría su fortuna y probablemente cada uno seguiría con su vida. Él no tenía tiempo para una relación y ella dejaría de necesitar su ayuda. Todo se vendría abajo, así que preparándose para lo peor, Sebastian decidió mantener las distancias.

Capítulo Siete

Aquello estaba siendo demasiado fácil.

Aunque nunca había cometido un delito antes de aquel viaje, no le estaba resultando difícil. Lo único que había tenido que decirle a la empleada de recepción era que necesitaba una llave nueva. La mujer se había confiado y se la había entregado sin pedirle la documentación ni hacerle pregunta alguna. Al fin y al cabo, todos los asistentes a aquella boda eran amigos y familiares, un grupo digno de confianza.

Entonces, lo único que había tenido que hacer había sido esperar. El programa de ese día incluía una excursión a varios puntos turísticos, entre ellos una abadía y un castillo en ruinas. Había fingido una migraña y se había quedado en el hotel.

Una vez estuvo segura de que se habían marchado los demás, subió a la habitación de Harper. Abrió la puerta sin dificultad y entró. Aquella habitación, con sus muebles antiguos y sus pesadas cortinas de terciopelo, era más bonita que la suya, claro que ella no era una de las mejores amigas de la novia.

Después de que el mensajero al que había contratado recogiera el paquete en la recepción y se lo entregara en los jardines del castillo, se había convencido de que su plan sería un éxito. Luego vio la nota del interior y encontró una cuarta parte de la cantidad que esperaba. Era mucho dinero, pero no suficiente.

Harper parecía creer que estaba al mando de la situación, que podía no pagar por las razones que fueran y todo iría bien. Pero ese no era el caso. Eso significaba que tenía que ir más allá con su amenaza.

Su intención había sido dejar una nota en la habitación. Quería invadir la intimidad de Harper y ponerla nerviosa, demostrándole lo que podía hacer si quería. Pero una vez allí, se había dado cuenta de que su visita podía ser también lucrativa. Abrió la maleta más grande y la revolvió. La mayoría de la ropa estaba colgada en el armario, así que lo que quedaba dentro eran unas cuantas prendas íntimas y joyas de Louis Vuitton en un estuche enrollable de piel.

Desenrolló el estuche y estudió las joyas que estaban en los diferentes bolsillos. Algunas resultaron ser bisutería, pero encontró un par de pendientes de diamantes de al menos un quilate cada uno. Se los guardó en el bolso junto a un collar con un colgante de zafiro en forma de lágrima, una pulsera de diamantes y rubíes y un anillo de aguamarinas y diamantes. Todas aquellas piezas eran muy bonitas, pero había esperado más de Harper. Quizá había dejado sus mejores joyas en casa.

En la otra maleta, la que debía de ser de Sebastian, encontró un par de gemelos de oro y esmeraldas en un estuche de terciopelo y un viejo reloj de bolsillo. Sin ser joyera, sabía lo suficiente como para calcular que el valor de todo aquello igualaba el dinero que Harper no le había entregado. Al menos era un comienzo. Cuando volviera a los Estados Unidos le pediría a un joyero que valorara las piezas.

Al parecer Harper no había podido reunir el dinero y parecía estar buscando alternativas. De un rápido vistazo a la ropa del armario, distinguió un par de prendas de marca por las que podría sacar un buen pellizco en el mercado de segunda mano. También el bolso Hermès Birkin que llevaba otro día. Había lista de espera para conseguir uno de esos bolsos. Incluso el estuche en el que guardaba las joyas debía de estar valorado en al menos doscientos dólares.

Harper tenía muchas cosas caras, al contrario que ella, que no tenía nada de marca. Claro que ella no iba por ahí haciéndose pasar por rica. Todas aquellas cosas formaban parte de la farsa de Harper y, si podía tener todas aquellas cosas tan lujosas para fingir ante amigos y familia, también podría conseguir el dinero.

Una parte de ella deseaba dejar al descubierto la mentira de Harper para que se viera lo superficial que era. ¡Qué cosa tan horrible ser pobre! Estaba intentando salir adelante hasta que le llegara el gran pago de su abuelo y todo volviera a estar bien. La mayoría de la gente no vería en su vida la cantidad de dinero que ya había malgastado, y mucho menos la que iba a heredar más adelante.

Había peores cosas que ser pobre en el mundo, como ser superficial, mentirosa o incluso una ladrona. Rio ante aquel pensamiento. No pensaba en aquello como en un robo. Ella era tan solo un instrumento del karma en medio de aquel panorama. Si además se llevaba un pequeño trozo del pastel, eso que ganaba.

Se volvió y miró a su alrededor en la elegante habitación. Ya la habían limpiado y habían dejado bombones sobre la almohada. No era parte de su plan, pero se le ocurrió hacer algunos cambios en la decoración.

Después de dejar la habitación como si por allí hubiera pasado un tornado, tomó el sobre blanco de su bolsillo y lo dejó en la mesilla de noche.

Acababa de intensificar la presión sobre la señorita Drake.

Habían pasado la tarde recorriendo la campiña irlandesa y Sebastian había disfrutado. Era un lugar agradable para sentarse y disfrutar del entorno, el sitio perfecto para pasar unas vacaciones, y estaba seguro de que su médico estaría de acuerdo. Fuera de Dublín, la mayoría de las ciudades eran pequeñas y tranquilas, llenas de monumentos históricos y gente amable.

A pesar de aquel entorno pacífico, el tener a Harper sentada a su lado le producía el efecto contrario. Su cercanía le aceleraba el pulso. De vez en cuando se echaba sobre él para decirle algo, le tocaba la rodilla o le daba un beso. A aquellas alturas, los límites de su relación estaban tan borrosos que no sabía si lo había besado porque había querido o por mantener la farsa. Si la gente sospechaba algo de su relación, era demasiado tarde para preocuparse. La boda era al día siguiente, lo cual suponía que en breve volverían a Estados Unidos.

¿Lo estaría haciendo de verdad?

Sebastian trató de no darle vueltas, abrió su cuaderno y siguió haciendo un dibujo que había empezado en la abadía. Parecía un sitio extraño para que algo pudiera inspirarle material médico, pero le había llamado la atención una de las estatuas del museo que llevaba una especie de armadura. La forma como se ajustaba a la pierna del caballero le había hecho pensar en piernas protésicas a la vez que robóticas. Eso le había hecho perder el interés en las iglesias antiguas y concentrar su atención en el trabajo.

–Ni siquiera estás escuchando –oyó que le decía Harper.

–¿Qué? –dijo Sebastian, alzando la vista.

–Estás a kilómetros de distancia. ¿Has oído algo de lo que he dicho?

–No –respondió él sacudiendo la cabeza–. Estaba pensando en el trabajo.

–Eso me parecía. ¿De qué se trata?

Él suspiró y se quedó mirando el boceto. Harían falta muchas pruebas para que aquel garabato se convirtiera en una prótesis de última generación, pero era un comienzo.

–Algún día puede que sea el último diseño de BioTech de una prótesis robótica. Esto es para la pierna.

Ella se quedó pensativa mirando el dibujo.

–¿Es esto lo que sueles hacer?

Él se encogió de hombros.

–Depende. Nuestro primer producto, el que nos puso a la altura de los grandes, fue un brazo protésico. Echando la vista atrás, parece un diseño muy rudimentario, pero en aquel momento supuso un gran cambio para los pacientes. Últimamente hemos estado usando la impresión 3D para hacer ajustes personalizados. Eso no lo cubren los seguros, así que la mayoría de los pacientes no podía permitírselo. Hasta ahora. Eso ha supuesto mejorar la calidad de vida de las personas que han perdido alguna extremidad.

–¿Trabajas mucho con soldados?

–Sí, y también con personas que han sufrido accidentes o que han nacido con algún defecto. Es solo una parte de lo que hacemos. Últimamente me interesa mucho la paraplejia. Si consigo diseñar un prototipo a un coste razonable, la vida de miles de personas que se mueven en silla de ruedas cambiará. Este boceto es parte de eso.

Se hizo un largo silencio y cuando Sebastian se volvió hacia Turner, se dio cuenta de que lo estaba mirando a él y no a su dibujo.

–¿Qué?

Ella sonrió y le apartó un mechón de pelo de los ojos.

–Nunca antes te había visto así.

–¿Así, cómo?

–Nunca había visto tanta pasión en el trabajo. Pensé que eras uno de esos empresarios que buscan ganar dinero con la investigación médica, pero realmente te preocupa lo que haces. Haces un trabajo maravilloso.

–Gracias –replicó con timidez.

Siempre se sentía incómodo cuando la gente alababa su trabajo. No lo hacía por sentirse bien, sino por personas como su hermano, que llevaban una vida con limitaciones físicas. Si lograba construir un exoesqueleto para las piernas, habría conseguido su mayor sueño. Ver a su hermano mayor caminar otra vez significaría que por fin habría triunfado. El dinero, el éxito, los elogios… Todo eso estaba bien, pero no era lo que quería. Quería ver la cara de su madre cuando viera que su hijo mayor caminaba sin ayuda.

–¿Qué es lo que te inspiró para dedicarte a esto? –preguntó ella.

Esperaba aquella pregunta, pero no estaba preparado para hablar de eso, ni con periodistas ni con Harper. De todas formas, tenía una respuesta preparada. Había hecho varias entrevistas y nunca había querido hablar de su hermano o de su pasado. Y no porque le diera apuro hablar del accidente de su hermano o de su situación familiar, sino por preservar la intimidad de su familia. No quería titulares en los que se dijera que la suya era una historia de superación impulsada por el trágico accidente de su pobre hermano. Eso sería simplificar demasiado.

–Siempre me interesaron la robótica y la ingeniería. Cuando conocí a Finn, él estaba estudiando Medicina y se nos ocurrió combinar nuestras especialidades y fundar una compañía después de que nos graduáramos. Es fácil apasionarte con tu trabajo cuando ves cómo puede afectar a la vida de otras personas.

–Me lo imagino. Llevo la contabilidad de la empresa de Jonah. Eso no es apasionante, pero se me dan bien los números y estudié Finanzas. Nos dedicamos a los videojuegos, así que no es que hagamos un trabajo muy importante.

–Es importante para la gente a la que le gusta jugar esos juegos. Todos los trabajos tienen su importancia. Finn dice que soy un adicto al trabajo, pero cuando estás haciendo algo que puede cambiar la vida de alguien, ¿cómo puedes dejar tu puesto para algo tan trivial como unas vacaciones?

–Supongo que hay que buscar un equilibrio para evitar quemarte. Pero fíjate, aquí estás, de vacaciones. Parece que es un gran paso para ti.

Sebastian rio para sí mismo. Harper no tenía ni idea de lo que estaba hablando.

–Lo es. Desde que creamos nuestra compañía hace diez años, no he salido del laboratorio.

–¿Y cómo es que lo has hecho ahora?

Sebastian se puso tenso. ¿Qué podía decir, que un médico le había obligado a tomarse unos días libres? No era la respuesta que quería dar. Él era un tipo con éxito, no quería que Harper ni nadie en aquel viaje percibiera alguna debilidad en él. Si hablaba demasiado, quizá fuera el siguiente en ser chantajeado.

–No me diste otra oportunidad –dijo sonriendo–. Una mujer atractiva se acerca a mí en unos grandes almacenes y me invita a un viaje a Irlanda con todos los gastos pagados. ¿Cómo podría un hombre en su sano juicio dejar pasar una oportunidad así?

Sebastian alzó la vista y se dio cuenta de que habían llegado al hotel.

–Parece que ya hemos llegado –dijo aliviado.

Todo el mundo recogió sus cosas y entraron en el hotel. No podían haber llegado en mejor momento. No le gustaba hablar de sí mismo. Lo único que quería en aquel momento era subir, darse una ducha y prepararse para la cena. Esa noche estaba programada una cena en el castillo con un espectáculo de música y danza tradicional.

–Estoy deseando quitármelos zapatos –dijo Harper al meter la tarjeta para abrir la puerta.

Dio un par de pasos y se detuvo en seco. Sebastian se topó con ella.

–¿Qué pasa?

Harper abrió la puerta completamente y se encontró con la habitación revuelta. Todas sus cosas estaban repartidas por doquier y los muebles patas arriba. Era horrible.

–No toques nada –dijo él–. Nos han robado.

–¿Que no toque nada? ¿Qué vamos a hacer, llamar a la policía?

–Esa era mi idea.

Harper entró en la habitación y tomó un sobre blanco de la mesilla de noche.

–Piénsalo bien. Si llamamos a la policía, el chantajista me descubrirá.

Sebastian cerró la puerta de un portazo y entró en la habitación contemplando todo aquel desorden.

–¿Qué dice? Supongo que no está muy contento de no haber recibido el pago completo.

–Dice que se ha llevado unas cuantas cosas para compensar el dinero que faltaba. Pero que es solo un castigo. Espera recibir ciento veinte mil dólares antes de que acabe la fiesta de la boda. ¿Y los veinticinco mil euros que le he dado? Es como si no contaran –dijo Harper desesperada–. Dice que la cantidad seguirá aumentando si no cumplo los plazos –añadió, hundiendo el rostro entre las manos–. ¡Esto no va a acabar nunca!

Sebastian se acercó a ella y se sentó en la cama, a su lado.

–Acabará, esto no se puede alargar eternamente. Pronto cumplirás treinta años y, una vez recibas la herencia, no podrá amenazarte con nada. O te descubrirá y entonces no recibirá ningún dinero. Ya verás como todo acaba pronto –dijo rodeándola por los hombros.

No eran las mejores palabras de ánimo, pero eran las únicas que se le habían ocurrido.

No sabía qué más decir. Se quedaron callados mirando el desorden que los rodeaba. Teniendo en cuenta que habían estado fuera horas, el chantajista había tenido todo el tiempo del mundo para hacer aquello.

–¿Habías traído algo de valor?

–Unas cuantas joyas que iba a ponerme para la boda –contestó Harper y se acercó a la maleta revuelta–. El estuche no está. A ver, espera…

En ese instante lo vio en un rincón y lo recogió. Revisó un par de bolsillos y sacudió la cabeza.

–Se las ha llevado todas. El collar de zafiros era de mi madre –añadió con lágrimas en los ojos.

Sebastian soltó una maldición y se acercó a ella.

–Podemos llamar a la policía. No tenemos por qué contarles lo del chantaje. Tendrás que denunciar si vas a dar parte al seguro.

–¿Pero qué seguro? ¡Hablas como si tuviera dinero para asegurar todo esto! Ha desaparecido todo. Esas joyas debían de tener un valor de al menos cuarenta mil dólares. ¿Y tú, habías traído algo de valor?

Sebastian no había pensado en sus cosas. Nunca había sido objeto de un chantaje, pero suponía que si querían dinero, lo sacarían de donde fuera.

–No demasiado.

Miró a su alrededor y vio el estuche de los gemelos que había llevado para ponérselos con el esmoquin. Estaba vacío. Después de buscar entre sus cosas, lo otro que echó en falta fue el reloj de bolsillo que había heredado de su abuelo, pero era mayor el valor sentimental que el económico.

–¿Qué te ha quitado? –preguntó Harper, preocupada.

–El reloj de bolsillo de mi bisabuelo. Era conductor de trenes. Solo tenía valor para mí. No puedo creer que ese canalla se lo haya llevado.

Harper gruñó.

–Te compraré todo lo que has perdido en cuando reciba el dinero. Sé que no puedo sustituir ese reloj, pero veré qué puedo hacer. Siento haberte metido en todo este lío.

–No es culpa tuya –dijo Sebastian–, pero tenemos que encontrar la manera de poner fin a esto. Tal vez sea mejor que te deje el dinero.

–No, Sebastian, no puedo pedirte que hagas eso. Bastante has hecho ya.

Él sacudió la cabeza.

–No quiero pagar. Ese tipo no se lo merece, pero puede que sea la única opción que tengamos. Pero si le damos el dinero –añadió apretando los dientes–, quiero que nos devuelva nuestras cosas.

–¿Qué sabemos de la tal Josie? –preguntó Lucy.

Se habían reunido todas las invitadas a la boda para tomar el té. Los hombres, con Sebastian incluido, se habían ido a jugar al golf y a tomar unas copas antes de la cena de la víspera de la boda. Aquella era la primera ocasión de Harper para hablar tranquilamente con sus amigas desde que habían llegado a Irlanda.

Violet estaba en otra mesa charlando con un grupo de mujeres, mientras que Harper, Emma y Lucy estaban en un rincón, cotilleando como de costumbre. Ninguna supo responder a la pregunta de Lucy. Harper no quería saber nada de la prometida de Quentin. Tenía otras preocupaciones mayores, aunque sentía curiosidad por el interés de sus amigas.

–No la conocía antes del viaje, pero he oído algunos comentarios –dijo Emma bajando la voz, mientras sostenía su taza de té entre las manos–. Resulta que el compromiso ha sido una sorpresa para todos. Teniendo en cuenta su situación actual, parece que mucha gente pensaba que buscaría a una mujer con una abultada cuenta bancaria y buenos contactos. Pero según parece, Josie es una simple secretaria de una compañía financiera o algo así. Muy diferente a lo que sería de esperar.

Claro que a lo mejor Quentin se enteró de eso después de pedir el matrimonio y ahora se ve obligado a cargar con ella.

Harper se revolvió en su asiento al oír la historia de Emma.

–¿Su situación actual? ¿Obligado a cargar con ella? ¿Qué quieres decir con eso?

Emma y Lucy intercambiaron una mirada cómplice antes de volverse hacia Harper.

–No te hemos dicho nada porque sabemos que siempre que hablamos de Quentin te pones de mal humor.

–Sí, bueno, hablar de un ex no es forma de animar a nadie, a menos que sean malas noticias. ¿Son malas noticias?

–Al parecer, su padre ha dejado de pasarle dinero.

Harper se quedó boquiabierta y se recostó en su asiento. Aquello era toda una noticia. Quentin era abogado, pero estaba muy lejos de ser el profesional exitoso por el que se hacía pasar. La mayoría de sus ingresos provenía de su familia. Durante el tiempo que habían estado saliendo, recordaba que recibía un pago semanal de diez mil dólares de su padre.

–Es el último mono en el despacho de abogados –dijo Harper–. Sin la asignación de su padre, tendrá problemas. No podrá pagar su apartamento, ni su coche, ni ese enorme anillo de compromiso que le ha regalado a su novia. ¿Sabéis por qué ha dejado de pasarle dinero?

–No he oído nada en concreto, pero supongo que habrá hecho algo que ha su padre no le ha gustado –respondió Lucy.

–¿Por qué iba alguien en su posición a pedirle matrimonio a una mujer de la que no puede conseguir nada? Hay muchas mujeres ricas y solteras en Manhattan, incluso podía haberse arrastrado a tus pies para pedirte que volvieras con él –intervino Emma.

–No lo veo capaz de eso –dijo Harper.

Quentin sabía que Harper no tenía dinero, así que no podía estar interesado en volver con ella, pero no podía contárselo a sus amigas.

–¿Qué tiene de especial?

–No lo sé. Tal vez esté enamorado –contestó Harper con ironía.

–¿Enamorado Quentin? ¡Imposible! Si fuera capaz de sentir amor, ya se habría casado contigo hace años. Tal vez esa chica pertenezca a una familia importante o sea hija de uno de sus clientes. Aunque yo creo que su familia no aprueba esa boda y su padre ha retirado su asignación cuando se ha enterado de que se ha comprometido. No me extrañaría que esté buscando la forma de poner fin a esa relación. Una vez pase esta boda, la dejará para volver a congraciarse con su padre. Ya lo veréis.

–¿Por qué iba a pedirle matrimonio a una mujer que no le gusta a su padre? –preguntó Lucy–. ¿Estará embarazada?

Las tres se volvieron para observar a Josie. Llevaba un vestido estrecho que evidenciaba su vientre plano.

–Lo dudo –dijo Harper.

–Me pregunto si solo pretendería estar comprometido para venir a la boda y poner a Harper celosa para que volviera a sentir algo por él.

Harper se volvió hacia Emma y frunció el ceño.

–Eso es una tontería. ¿Quién fingiría una relación para provocar celos en su ex?

–Tal vez no quería venir y que vieras que está solo.

–Ni siquiera me ha hablado en todo el viaje. No creo que haya pensado en mí.

–Bueno, tal vez tengas razón, pero eso podría explicar que haya elegido a una chica cualquiera para hacerla pasar por su prometida durante unas cuantas semanas.

Harper tomó su taza de té y dio un sorbo. Si su padre le había retirado su asignación, aquella era la pieza del rompecabezas que le faltaba para explicar por qué Quentin la estaba chantajeando.

Capítulo Ocho

Sebastian estaba agotado tras haber pasado el día jugando al golf y deseando volver junto a Harper para contarle todo lo que había oído durante la excursión. A lo largo de los dieciocho hoyos y de media docena de cervezas, las lenguas se habían ido soltando entre aquellos caballeros. Además de conocerlos mejor, había mejorado su *swing* y se había enterado de unos cuantos detalles sucios de Quentin.

Cuando el autobús se paró delante del castillo, vio a Harper caminando hacia los jardines. Se bajó a toda prisa, corrió hacia ella y la vio sentarse en un banco de piedra, junto al seto que bordeaba el perímetro.

–¡Harper!

Volvió la cabeza y lo vio. Llevaba un vestido rosa a juego con un jersey.

–Hola, ¿qué tal el golf?

Recorrió los últimos metros caminando para recuperar el aliento. Necesitaba hacer más ejercicio.

–Fatal –contestó, y se sentó a su lado–. No quería decirles que nunca antes había jugado, así que tuve que decirles que hacía mucho tiempo que no jugaba por culpa del trabajo.

–¿Nunca has jugado al golf? ¿Pero qué clase de ejecutivo eres?

Sebastian sonrió.

–De la clase que no se lleva a los clientes a chismorrear a un prado. Esa labor le corresponde a Finn. Pero claro que he jugado al golf, aunque de otra manera, a ese que se juega entre molinos y cocodrilos que se tragan la bola cuando te equivocas de agujero. Y no se me ha dado nada mal.

–¿Te refieres al minigolf? Espero que no hayas perdido dinero haciendo apuestas.

–No soy tan estúpido sabiendo como juego. Aun así, le aposté mil dólares a Quentin a que su siguiente bola acabaría en un lago.

–¿Y? –preguntó Harper con curiosidad.

Sebastian metió las manos en los bolsillos y sacó un rollo de billetes de cien dólares.

–Creo que le he dado mala suerte. La lanzó directamente al borde del lago y no la pudo sacar de allí. No me siento culpable. Si él es el chantajista, estos mil dólares deben de ser de los que le pagaste ayer –dijo entregándole el dinero a Harper.

–¿Para qué es esto? –preguntó ella, mirando los billetes que le había puesto en la mano.

–Para lo que quieras. Por mí, puedes quemarlos, gastártelos en una manicura o guardarlos para cuando te haga falta. Cuando los gastes, piensa que se los quité a Quentin, así lo disfrutarás más.

Harper apretó los billetes y asintió.

–De acuerdo –convino antes de guardarlos en la funda de su móvil–. ¿Alguna otra cosa interesante?

–Mucha charla de hombres, la mayoría sin sustancia. Hubo un poco de discusión cuando comentaron algo sobre los últimos partidos de béisbol. Fui prudente y me mantuve al margen. Apenas sé de deportes como para hacer comentarios.

–¿De verdad? ¿No practicabas deportes en el colegio?

–No, no eran lo mío.

Tal vez hubiera practicado algo, de haber tenido tiempo. Pero las cuotas para tomar parte en los diferentes equipos eran altas y había dedicado todo su tiempo a trabajar para ayudar a su familia con los gastos. No había tenido una juventud despreocupada, pero Harper no lo sabía.

–Pero me he enterado de unas cuantas cosas interesantes sobre Quentin.

–Yo también –dijo Harper volviéndose hacia él–. Pero tú primero.

–De acuerdo. Mientras estábamos hablando, alguien comentó que Quentin tenía problemas legales. Al parecer vendió una casa en la que había hecho una reforma con una empresa constructora pésima. La gente que le compró la casa lo demandó y el juez les dio la razón, condenándole a hacer algunos arreglos. ¿Adivinas por qué importe?

–¿Cien mil dólares?

–¡Bingo!

–Qué interesante. Eso explicaría por qué me está pidiendo esa cantidad, sobre todo después de lo que me he enterado durante el té.

–¿De qué?

–Su padre le ha retirado su asignación. No sabemos si se debe a que no aprueba a su prometida o a sus problemas legales, pero el caso es que su padre ha dejado de pasarle dinero. Seguro que anda corto de metálico. Probablemente esos mil dólares que ha perdido contigo en la apuesta le eran vitales.

Sebastian se encogió de hombros.

–Pues que hubiera rechazado la apuesta. Es tan engreído que no se creía que pudiera perder.

–De buena me he librado.

–Desde luego. Por lo que he oído, eres todo un partido. Todos los hombres con los que he hablado tienen muy buena opinión de ti –añadió Sebastian con una sonrisa.

Harper se sonrojó y se pasó un mechón de pelo por detrás de la oreja. Estaba muy guapa con el pelo suelto, cayéndole en ondas, como cuando le había dado placer el día anterior. Al tocarlo, le había parecido pura seda. Estaba deseando volver a acariciárselo.

–¿Qué te han dicho? –preguntó Harper.

–Todos me han dado la enhorabuena por conquistarte. Me han dicho que eres una mujer increíble y que sería un idiota si dejara que te escaparas.

Sebastian ya lo sabía antes de que aquellos hombres se lo confirmaran. Harper, sin embargo, parecía estupefacta por aquella conversación.

–¿De veras?

–Sí, de veras.

Sebastian asintió.

–Incluso Quentin. Si no sé si será parte de su juego, el caso es que me ha dicho varias veces que se equivocó al dejarte marchar.

–No puedo creerlo.

–No sé por qué. Eres guapa, divertida, dulce…

–Deja de hacerme la pelota.

–Un poco mentirosa sí eres –añadió con una sonrisa–. Claro que ellos no lo saben. También han dicho que tienes gustos caros y que costará mantenerte, pero que aun así mereces la pena.

Harper rio ante aquel último comentario.

–Vaya, qué curioso. ¿Quién iba a pensar que jugar al golf con los chicos podía ser tan revelador?

Desde luego que lo había sido para él. Ya estaba temiendo el final del viaje y de su recorrido como pareja. Aquella charla con los otros hombres le había hecho plantearse si no debería intentar tener algo con Harper más allá de lo físico. Le había preocupado intimar demasiado, pero quizá con el tiempo fuera posible. Claro que antes debía aprender a descansar del trabajo y permitirse disfrutar de la vida. Pero nunca había sido capaz de encontrar ese equilibrio. En las circunstancias en las que estaba, tener una relación le resultaría fácil porque el trabajo no interfería. Pero cuando volviera a casa, todo sería muy diferente.

Claro que solo sería posible si Harper estaba abierta a esa posibilidad. Después de decirle tantos cumplidos, quizá él no fuera lo que ella buscaba. Tal vez lo consideraba el candidato perfecto para hacerse pasar por su novio durante unos días, pero ¿qué pasaría cuando volvieran a Estados Unidos? Tal vez si su abuelo no le daba el dinero…

–Ya veo que los hombres habéis estado cotilleando en el partido de golf tanto como las mujeres mientras tomábamos el té –dijo Harper con una sonrisa–. ¿Ha dicho mi hermano algo embarazoso?

–No demasiado. Ya me echó una charla el primer día que llegamos.

Harper abrió los ojos como platos a la vez que se ponía tensa.

–¿Cómo? No me lo puedo creer. ¿Qué te dijo? –preguntó, apretándole el brazo.

–Nada de lo que tengas que avergonzarte, tan solo las típicas cosas que dicen los hermanos mayores. Quería asegurarse de que mis intenciones eran buenas. También me hizo algunos comentarios sobre ti.

–¿Como cuáles?

–No voy a decírtelo.

–Eso no es justo. Sabes mucho de mí y tú sigues siendo una incógnita.

Suspiró y se puso de pie.

–¿Adónde vas?

–Tenemos que volver para prepararnos para la cena. Recuerda que soy una de las damas de honor.

Sebastian se levantó. Antes de que Harper echara a andar, la rodeó con sus brazos y la estrechó contra él.

–No te he dicho todavía lo guapa que estás hoy.

–Gracias, aunque no hace falta que te lo tomes tan en serio. No hay nadie mirándonos.

Parecía pensar que cada palabra, cada gesto, formaban parte del juego, pero no era así. ¿Cómo podía saber él si algo de lo que le decía iba en serio? Aquel orgasmo había sido auténtico pero ¿y todo lo demás? No podía estar seguro. Quizá la idea de que surgiera algo entre ellos era ir demasiado lejos.

–No me importa –dijo y bajó la cabeza para tomarle la boca con la suya.

Tal y como habían ensayado, Harper avanzó por el pasillo cubierto de pétalos de rosa con su vestido de color lavanda y un ramo de rosas moradas y blancas en las manos. Era la última de las damas de honor, y todos la estaban esperando en el altar, junto al oficiante.

La boda se estaba celebrando en la capilla del castillo Markree, que había sido decorada en tonos azules y verdes. Mientras avanzaba por el pasillo, alzó la cabeza para contemplar las vigas de madera del techo y las vidrieras del fondo de la capilla.

Se colocó a la izquierda, junto a Emma y Lucy, para esperar la llegada de Violet. Miró a los testigos al otro lado del altar. Todos estaban muy guapos vestidos de esmoquin. Aidan había conseguido controlar sus rizos pelirrojos y miraba impaciente al fondo de la capilla esperando la llegada de la novia.

La marcha nupcial comenzó a sonar y todos los invitados se pusieron de pie. Las puertas se abrieron y apareció Violet del brazo de su padre. Aunque ya había visto antes el vestido de su amiga, Harper se quedó sin aliento al ver lo guapa que estaba.

Se trataba de un vestido relativamente sencillo por delante que resaltaba la belleza de Violet. La parte superior era un corpiño sin tirantes que se amoldaba perfectamente a su cuerpo. A partir de la cintura, grandes flores de seda caían en cascada varios metros por detrás. Llevaba el pelo recogido en un moño alto y un magnífico ramo de flores de seda en tonos de morado entre las manos.

Al mirar hacia atrás, Harper vio a Sebastian entre los invitados. Estaba muy guapo con su esmoquin. Le había dicho que apenas se lo ponía, pero le sentaba a la perfección. Lo único que le faltaba eran los gemelos que le habían robado. Esa tarde había ido a la habitación de Oliver a pedirle unos con la excusa de que Sebastian se había olvidado traer unos.

A diferencia de todos los presentes, que estaban atentos a Violet, los ojos de Sebastian estaban puestos en Harper. Cuando se volvió en su dirección, le guiñó un ojo y le sonrió, antes de volverse para ver a Violet situarse junto a Aidan.

Harper dejó su ramo a Lucy para alisarle la cola del vestido y el velo a Violet, y se llevó su ramo para que pudiera entrelazar sus manos con las de Aidan.

Una vez empezó la ceremonia, se topó con la realidad. Era la única de sus amigas que quedaba soltera. Estaba a punto de cumplir treinta años y, aunque no se sentía una solterona, ser la única que no tenía pareja le provocaba una gran tristeza. ¿Por qué no había encontrado a alguien? Ya debería estar compartiendo su vida con alguien y no fingiendo aquella farsa con un hombre al que le había pedido que se hiciera pasar por su novio durante la boda.

Volvió a mirar a Sebastian. Estaba sentado, siguiendo atentamente la ceremonia. Le estaba muy agradecida de que estuviera allí. Sí, ella misma se lo había pedido, pero no podía evitar preguntarse qué habría pasado entre ellos si las cosas hubieran sido de otra manera. Si la hubiera invitado a cenar en vez de haberle pedido que la acompañara a aquel viaje o si se hubieran ido a tomar algo después de conocerse en aquellos grandes almacenes… ¿Habría surgido algo real entre ellos en vez de aquella relación ficticia?

En aquel momento deseó que la suya fuera una relación auténtica, no solo por no sentirse sola sino porque había empezado a sentir algo por Sebastian. Era inteligente, guapo, atento y considerado, y siempre estaba ahí para ella. Una parte de ella era muy sensible a la forma en que la trataba, y por eso quería enamorarse de él.

Otra parte no sabía qué terreno pisaban.

Sí, habían cruzado los límites de su falsa relación la otra tarde en su habitación y eso había enturbiado las aguas. Aquella atracción que sentían, ¿era real o la consecuencia lógica de pasar el día coqueteando y fingiendo ser una pareja? Estaba bastante segura de que la atracción que sentía por Sebastian era auténtica. Nada más verlo en la entrada de Neiman Marcus se había sentido atraída por sus ojos oscuros y su marcado mentón. Al instante había deseado conocerlo.

Después de llevar una semana juntos, todavía quería saber más de él, sobre todo porque no le estaba contando nada. Habían surgido muchas ocasiones para que le hablara de su infancia, de su juventud, de su etapa de universitario, cualquier cosa que no tuviera que ver con el trabajo. Pero era de eso de lo único que hablaba: su mundo era el trabajo.

Sabía que a Sebastian le apasionaba su trabajo, pero tenía el presentimiento de que había algo que no quería contarle, y eso le preocupaba. Y no porque pensara que tuviera secretos inconfesables, sino porque no se sintiera lo suficientemente cómodo para confiar en ella.

Si no estaba dispuesto a compartir nada con ella, ¿qué pasaría cuando volvieran a Nueva York? ¿La llamaría? ¿Volvería a besarla? ¿O volvería a su laboratorio y desaparecería entre sus bártulos como antes de aquel viaje?

No sabía la respuesta, y eso la asustaba. Fuera cual fuese la respuesta, sabía que ya era demasiado tarde para ella. Sus ojos oscuros y su sonrisa irresistible ya le habían ganado el corazón.

Quizá lo que le preocupaba no era ser la única de sus amigas soltera. Nunca antes le había importado ser soltera. Tal vez se estaba dando cuenta de que no solo quería vivir una relación romántica, sino que quería que fuera con Sebastian. Quería que fuera él el hombre al que prometer amar, honrar y respetar.

Los aplausos sacaron a Harper de sus pensamientos. Miró hacia el altar a tiempo de ver que la ceremonia había concluido. Aidan y Violet se estaban dando su primer beso como marido y mujer.

Violet se volvió hacia Harper para que le devolviera su ramo y luego hacia los invitados. Harper aprovechó para alisarle el vestido y el velo una última vez antes de que Aidan tomara en brazos a Knox y recorrieran el pasillo como una familia.

Una vez se fueron, Lucy le entregó su ramo junto con un pañuelo de papel.

–Toma –le dijo tratando de contener las lágrimas–. No te estropees el maquillaje antes de las fotos.

En ese momento, Harper se dio cuenta de que estaba llorando, pero no por la emotiva ceremonia, sino porque se había dado cuenta de la realidad de su futuro con Sebastian. Se secó los ojos, respiró hondo y esbozó una sonrisa falsa para las fotos.

Todavía faltaba por celebrar el banquete de bodas.

Los recién casados recorrieron el pasillo juntos, con su pequeño hijo en brazos. Transmitían una felicidad infinita y tuvo que hacer un esfuerzo para fingir una sonrisa cuando pasaron por su lado. Los seguía el resto de la comitiva.

En primer lugar iba Emma con Jonah, su marido. Los dos eran muy guapos y ya odiaba a su hija, aunque fuera un bebé, porque probablemente llegara algún día a ser una gran modelo. Detrás de ellos iba Lucy. De origen humilde, se las había ingeniado para heredar medio millón de dólares de su jefe y casarse con su sobrino, dueño de un imperio de ordenadores. Daría lo que fuera por tener su misma suerte, pero había aprendido que tenía que ser ella la que llevara las riendas de su propio destino.

Cerraba la comitiva nupcial Harper con uno de los

padrinos al que no conocía, seguramente un amigo de Aidan. Durante el viaje, solo se había fijado en los invitados que tenían mucho dinero. Aquel tipo no le importaba. Realmente, nadie le importaba. En cuanto recibiera el dinero, no volvería a ver a toda aquella gente.

El resto de invitados se dirigió a la galería que conducía al comedor donde se estaba sirviendo el cóctel. Después de treinta minutos interminables de ceremonia, estaba deseando tomarse una copa. Iba a ser una noche muy larga.

Pronto volverían a Estados Unidos, y sentía que el tiempo se estaba acabando. Había llegado el momento de poner en marcha su plan y conseguir el dinero que necesitaba.

El dinero del chantaje se suponía que debía estar en recepción antes de que el banquete terminara. Pero no tenía prisa. Los plazos anteriores habían pasado sin mayores consecuencias. ¿Por qué iba a ser diferente esta vez?

Quería su dinero. No tenía ningún interés en descubrir a Harper. Eso no le vendría bien a ninguna de las dos. Harper insistía en que no podía pagar, pero cualquiera de aquellas personas podía extenderle un cheque. Solo tenía que pedirlo, pero no lo estaba haciendo.

Harper lo iba a echar todo a perder, así que no le quedaba más remedio que arruinarle la vida.

Capítulo Nueve

Sebastian hizo girar varias veces a Harper en la pista de baile y luego la estrechó contra él. La cena había sido excelente, pero estaba deseando bailar con ella. No era muy buen bailarín, pero era la única forma aceptable de acercar su cuerpo al de ella en público.

–Estás muy guapa esta noche, Harper, ¿te lo he dicho ya?

–No, pero gracias –replicó ella con una sonrisa–. Aunque deberías saber que en una boda, la más guapa es siempre la novia. Yo tan solo soy una dama de honor.

Se inclinó hacia ella y aspiró el olor de su perfume. Todo su cuerpo se puso en alerta y deseó estrecharla contra él, o mejor aún, salir de allí y subir a su habitación. Seguramente ya habría superado las restricciones que le había impuesto el médico a la actividad sexual. Por si acaso, se lo tomaría con calma, pero estaba deseando disfrutar con Harper al menos una vez antes de que todo aquello terminara.

–Bueno, no se lo digas a Violet –le susurró al oído–, pero creo que esta noche eres la más guapa. Me da igual quien sea la novia. Me he quedado sin aliento nada más verte, y eso que llevas ese horrible vestido morado que ella eligió para ti.

Harper se sonrojó y se miró el vestido.

–¿No te gusta? A mí sí. Bueno, me gusta para ser un

vestido de dama de honor. Nunca me lo pondría para una fiesta, pero me parece bonito.

–Si te soy sincero, creo que estarías mucho más guapa sin él.

–Creo que lo que quieres es verme desnuda –dijo arqueando una ceja.

Sebastian se encogió de hombros.

–Si quieres estar insuperable, voto por que te desnudes.

–Se nota que eres hombre, te da igual la moda.

Tenía razón. A pesar de todo el dinero que tenía, no conocía el nombre de ningún diseñador. Tampoco le importaba. Si por él fuera, se compraría la ropa en la primera tienda. Era Finn el que le decía dónde tenía que hacerlo. A él le interesaba más la comodidad que el estilo. Ni siquiera sabía de qué marca era lo que llevaba en aquel momento, pero, conociendo a Finn, seguro que era alguna conocida.

Lo que sí sabía era que el esmoquin le estaba dando calor. O quizá fuera bailar tan cerca de Harper. Echó un vistazo a su alrededor y vio una puerta que daba a un patio.

–¿Quieres que salgamos a tomar aire fresco? Empieza a hacer calor aquí.

–Claro, creo que todavía queda un rato para que partan la tarta.

Sebastian la tomó de la mano y se dirigieron al patio. Allí fuera había media docena de pequeñas mesas con sus sillas, todas ellas decoradas con flores y velas. En aquel momento no había nadie, así que podían tener cierta intimidad.

Se acercaron al muro de piedra que separaba el patio de los jardines. Hacía una noche fresca y clara, y podían verse las estrellas. Viviendo en Manhattan, nunca habría imaginado que pudiera haber tantas estrellas. Solo había visto tantas en noches como aquella en Maine, siendo niño. Aunque ninguna tan bonita como la mujer que tenía al lado.

Sería muy fácil, en un momento como ese, con la tenue luz de las velas iluminando las facciones de su rostro y las estrellas reflejadas en sus ojos, bajar la guardia y enamorarse de Harper. La música y la luna parecían estar conspirando contra él esa noche, haciéndole bajar la guardia. Se suponía que aquella semana iba a ser para relajarse y, sin embargo, había pasado todo el viaje luchando contra sí mismo.

No había esperado nada parecido cuando había accedido a ir a Irlanda. Sí, sabía que tendría que ir de la mano y darse besos con una mujer preciosa, pero no había imaginado que desearía que aquella relación fingida fuese real y sincerarse con ella. Estaba ansioso por volver a Nueva York y pasar tiempo con ella en vez de volver a su laboratorio.

Si lo hubiera hecho, no habría hecho aquel viaje. Su trabajo estaba en un punto crítico. ¿Podría dedicar un tiempo a construir una relación seria con Harper? No estaba seguro.

–Se está muy bien aquí fuera –dijo Harper–. Se agradece el aire fresco después del calor que hacía en el salón de baile.

–Quizá sea por el champán –terció Sebastian.

–O la presión.

–¿Presión?¿Qué clase de presión?

Harper apoyó los codos en el muro para contemplar los jardines.

–El banquete acabará pronto y se acaba el tiempo.

Eso significa que el chantajista va a darse cuenta de que no me va a sacar dinero. Su única opción será desvelar mi secreto. Me pregunto cuánto esperará. ¿Revelará la verdad esta noche o esperará a mañana? Quizá espere a que volvamos a Nueva York para hablar con la prensa y que así salga en los periódicos y se entere todo el mundo y no solo un puñado de invitados a una boda. Me gustaría saber cómo lo hará para estar preparada.

Sebastian había disfrutado de una romántica velada con ella y había empezado a plantearse un futuro a su lado, mientras ella no había dejado de dar vueltas a sus problemas en vez de disfrutar de su compañía. Quizá sería mejor apartar todos aquellos pensamientos antes de que se arrepintiera.

–Y yo que pensaba que habías disfrutado del banquete.

Ella sacudió la cabeza y se irguió.

–Desearía poder hacerlo. Se supone que este iba a ser un viaje divertido para celebrar la boda de una de mis mejores amigas. Sin embargo, se ha convertido en una pesadilla con acento irlandés. Estoy deseando tomar el avión para volver a casa y prepararme para lo que se me viene encima.

Sebastian la tomó de la mano.

–Ya verás como todo saldrá bien.

–¿Qué quieres decir?

–Pase lo que pase, eres una mujer fuerte e independiente. Siempre has sabido sacar lo mejor de cada situación y seguirás haciéndolo a pesar del chantajista. Puede que piense que tiene el control de tu destino, pero no es así. Cómo manejes la situación es asunto tuyo.

Harper se quedó observándola unos segundos y asintió.

–Tienes razón. Creo que ahora mismo voy a empezar a ocuparme de la situación.

Se dio media vuelta en dirección a la recepción. Sebastian la tomó de la muñeca antes e que pudiera alejarse.

–Espera. ¿Qué vas a hacer?

Harper respiró hondo y se puso derecha.

–Voy a enfrentarme a Quentin y a poner fin a esto.

–Quentin, ¿puedo hablar un momento contigo en privado?

Su ex vaciló unos instantes, le dijo algo al oído a su prometida y asintió.

Harper no había hablado nunca con Jessie, Josie o como fuera que se llamara. No tenía ningún interés en tratar con la nueva novia de su ex. Le resultaba difícil ver aquel enorme anillo de diamantes en su dedo y ninguno en el suyo. En los últimos días, cada vez que se imaginaba a un hombre poniéndose de rodillas para declararse, solo le venía a la cabeza un rostro.

Y desde luego que no era el de Quentin.

Por fin soltó la mano de su prometida y siguió a Harper hasta el vestíbulo.

–¿De qué va todo esto, Harper? A Josie no le gusta que hable contigo. Cuanto antes vuelva a su lado, menos problemas tendré.

A Harper le daban igual su prometida y sus arrebatos de celos.

–No me llevará mucho, solo quiero decirte que no puedo darte más dinero, Quentin.

Esperaba que aquella inesperada declaración lo pillara con la guardia baja y que confesara. Sin embargo, se quedó sorprendido y la miró entornando los ojos.

–¿De qué estás hablando, Harper?

–Vamos, déjalo ya. Estoy cansada de estos juegos. Te he dado todo el dinero del que dispongo. Me has robado joyas de mi habitación, y eso sería suficiente para…

–Espera –dijo Quentin alzando las manos–. No te he robado nada de tu habitación, ni siquiera sé cuál es tu habitación. ¿Y el dinero? Sinceramente, Harper, no sé de qué demonios estás hablando.

El tono de su ex la hizo recapacitar. Se mostraba sinceramente sorprendido.

–¿Te han demandado, verdad? ¿Y tu padre te ha retirado la asignación, no?

Quentin se sonrojó.

–¿Cómo te has enterado de todo eso?

–El mundo es un pañuelo. Pero sé que es verdad, así que no finjas que no necesitas el dinero.

–Sí, me vendría muy bien algo de dinero. No me habría gastado cincuenta de los grandes en el anillo de Josie si hubiera sabido que mi padre me iba a retirar la asignación. No le cae bien Josie, pero supongo que ya lo arreglaremos. Y esa demanda tampoco es para tanto. Mis abogados ya se están ocupando. No sé qué tienen que ver contigo mis problemas.

–¿Me estás diciendo que no eres tú el que me está haciendo chantaje?

–¿Cómo? ¡Por supuesto que no! –exclamó con los ojos abiertos de par en par–. ¿Alguien te está haciendo chantaje? –preguntó preocupado.

Harper no supo qué decir o qué hacer, pero al ver su expresión lo tuvo claro: Quentin no era el chantajista. Entonces, ¿quién demonios era?

–Bueno, olvida lo que te he dicho. Vuelve dentro, antes de que Josie se enfade.

Quentin vaciló nos instantes y asintió, antes de volver al salón de banquetes.

Sintió alivio al verlo marchar sin discutir, pero no le duró demasiado.

Desde que había recibido la primera nota, había estado convencida de que Quentin estaba detrás del chantaje. Él era el único que conocía que podía estar pasando apuros económicos. De hecho, cuando habían estado saliendo y le había contado sus problemas, la había animado a que siguiera una planificación financiera. Incluso habían tenido el mismo asesor financiero. Pero nadie, hasta que se lo había contado a Sebastian, había sabido nada.

Tal vez se estuviera engañando a sí misma. Tal vez todo el mundo era consciente de sus triquiñuelas, pero eran demasiado amables para decirle nada. Si ese era el caso, cualquiera podía ser el chantajista.

Harper se quedó a la entrada del salón y observó cómo se divertían los demás. Violet y Aidan estaban cortando la tarta, rodeados de invitados que les hacían fotos. Unos pocos se habían quedado en sus mesas, charlando y tomando champán.

Conocía a casi todos, pero no podía imaginar quién podía haber sido capaz de chantajearla o de revolverle la habitación y robarle sus cosas y las de Sebastian.

–¿Señorita Drake?

Harper volvió su atención al camarero que había aparecido a su lado. Había estado ofreciendo copas de champán, pero en ese momento en la bandeja solo había otro de aquellos sobres blancos.

–Tengo un mensaje para usted. Lo han dejado en recepción.

–Gracias –dijo y tomó el sobre.

Se suponía que tenía que abrirlo y leer la última amenaza. Debía dejar el dinero en recepción antes de que acabara el banquete. Debía de quedar una hora más o menos, y estaba segura de que a aquellas alturas ya se habría dado cuenta de que no iba a pagar. ¿Así que para qué?

Se guardó el sobre en el sujetador para leerlo más tarde. ¿Qué más daba? No iba a tener el dinero. A menos que el chantajista hubiera estado todo el tiempo fanfarroneando, antes o después se sabría su secreto.

Cuando le había hablado a Sebastian de la nota que había recibido en el avión, una de las opciones que había considerado había sido contar la verdad antes de que alguien lo hiciera. De esa manera, dejaría al chantajista sin armas. En aquel momento, le había parecido impensable. Habría sido echarlo todo por la borda. Pero tal vez no fuera una mala idea del todo. Podía hablar con su abuelo y explicarle su situación. Cabía la posibilidad de que la entendiera o de que no, en cuyo caso, se quedaría sin los veintiocho millones.

¿Y qué?

Le había parecido un pensamiento ridículo. Aquella cantidad de dinero podía cambiarle la vida a cualquiera. Llevaba años esperando el día en que le llegara ese dinero. Pero en ese momento se dio cuenta de que las cosas no habían sido tan terribles. Se las había arreglado bien. Tenía un trabajo bien remunerado en FlynnSoft, con unos beneficios muy buenos, como seguro médico, gimnasio y restaurante. Su amplio y bonito apartamento ya estaba pagado. Los gastos de comunidad y las cuotas del seguro eran altos, pero nunca se había saltado un pago.

No, no seguía la moda. Sus prendas de más valor

eran reliquias o hallazgos que había hecho en rebajas. A lo largo de los años, había aprendido a arreglárselas para mantener las apariencias. Si le contaba la verdad a su familia y amigos, dejaría de sentir la presión de comprar y gastar dinero. Nadie había tratado a Lucy de manera diferente cuando había sido la pobre del grupo. Después de heredar quinientos millones de dólares y casarse con el hermano rico de Harper, seguía siendo la misma Lucy.

Quizá no fuera tan difícil seguir siendo la misma Harper. Había pasado los últimos ocho años obsesionada con su trigésimo cumpleaños cuando quizá debería sentirse satisfecha por habérselas arreglado para salir adelante durante todo ese tiempo. Si dejaba de fingir ser lo que no era, podría hacer cambios para llevar una vida más fácil. Podía vender su lujoso apartamento, comprarse otro más asequible y guardar la diferencia en una cuenta de ahorros. También podía vender la ropa de marca que ya no se ponía.

No le hacía falta el dinero de su abuelo para vivir. De repente, era como si le hubieran quitado un gran peso de los hombros. No sabía quién era su chantajista, pero de lo que estaba segura era de que iba a llevarse un buen chasco. Seguro que no había contado con que la heredera malcriada de Harper Drake fuera a tener las agallas de dar la cara.

Se irguió y se adentró en el salón, decidida. Se estaba repartiendo la tarta y los recién casados compartían un trozo en su mesa. La orquesta estaba tocando una pieza instrumental y la pista de baile estaba vacía. Aquella era su oportunidad.

Tomó una copa de champán y subió al escenario. Varias personas habían pasado ya por allí para hacer brindis a los novios. La orquesta bajó el volumen de la música que estaba tocando para que se oyeran sus palabras de buenos deseos hacia los novios. A continuación tomó el micrófono del estrado y se acercó al borde de la plataforma.

–Hola a todos. Soy Harper Drake y hace años que conozco a Violet. Nuestras familias se conocen desde siempre, pero nos hicimos amigas cuando fuimos juntas a Yale y compartimos hermandad –dijo y los aplausos la interrumpieron–. Allí conocí a mis mejores amigas, no solo a Violet, también a Emma y a Lucy, mi cuñada. En los últimos años he sido testigo de cómo estas mujeres inteligentes y maravillosas encontraban al amor de su vida. No podría alegrarme más por ellas. Esta noche, quiero proponer un brindis por Violet y Aidan. Que nuestras vidas sean tan mágicas como este cuento de hadas que acaba de comenzar.

Alzó su copa y todo el salón se unió a su brindis. Aun así, Harper no se bajó del escenario. Esperó a que el aplauso cesara para continuar.

–Esta noche, en esta sala, están algunas de las personas más importantes de mi vida, así que quiero aprovechar para hacer un breve anuncio. No, no me he comprometido ni estoy embarazada, no es nada de eso –dijo con una sonrisa–. Lo que quiero deciros es que os he estado mintiendo. Todos los días de los últimos ocho años he estado viviendo una mentira. He seguido con mi vida como si nada hubiera pasado, pero lo cierto es que estoy arruinada. Echando la vista atrás, parece una tontería haber mentido por una cosa así, pero mi orgullo se interpuso y así es como he actuado. A nadie le gusta que los demás sepan que alguien no sabe administrar bien el dinero, pero eso es lo que me pasó. Siempre me malcriaron y, cuando el pozo se secó, no supe qué hacer.

Harper dio un sorbo a su copa y se tomó un momento para respirar. Tenía la vista fija en el tapiz de la pared del fondo. Temía que si hacía contacto visual con alguien, empezara a llorar, y no quería que eso le pasara.

–Seguro que os estaréis preguntando por qué os lo estoy contando ahora. Alguien ha descubierto mi mentira, alguien que está aquí mismo en esta sala, y lo está usando para chantajearme. Veréis, si mi abuelo descubre que me he gastado todo mi dinero, perderé el resto de mi herencia. Así que me han estado hostigando durante todo el viaje. Les he entregado todo el dinero que he podido, han saqueado mi habitación de hotel y me han robado piezas familiares que nunca podrán ser reemplazadas. Me están pidiendo una cantidad que no puedo pagar y que no voy a pagar porque mi herencia, a estas alturas, se ha ido por la borda. Así que esta noche estoy aquí para contaros la verdad y para disculparme por engañaros. Y también para decirle al chantajista que, sea quien sea, que se vaya con viento fresco. Gracias.

Volvió a dejar el micrófono en el estrado y abandonó el escenario rápidamente. Había hecho lo que debía, pero no estaba segura de poder enfrentarse a las reacciones. Enseguida la orquesta empezó a tocar, rompiendo el silencio tenso que se había hecho en el salón después de su intervención.

–¡Harper!

Oyó que alguien la llamaba, pero no se detuvo. No podía detenerse. Quería salir de allí cuanto antes.

Harper salió de la fiesta y enfiló pasillo antes de sentir una cálida mano en su muñeca. Se dio la vuelta y se encontró a Sebastian detrás de ella.

–Suéltame, por favor. Quiero irme a la habitación.

Se quedó mirándola con sus grandes ojos oscuros y asintió.

–Muy bien, pero no te irás sin mí.

Capítulo Diez

Una vez a solas en su habitación, se tomaron su tiempo para desvestirse. No tenían ninguna prisa. Esa noche iban a saborear cada momento. Era la última que iban a pasar juntos y, después de lo que había pasado abajo, las emociones estaban a flor de piel.

–Bájame la cremallera –le pidió, dándole la espalda a Sebastian y recogiéndose el pelo.

Él ya se había quitado la chaqueta y la pajarita. Se acercó hasta ella y lentamente le bajó la cremallera. Harper sintió sus dedos en la espalda y un escalofrío le recorrió todo su cuerpo. Cerró los ojos y disfrutó de la sensación de su cálido aliento sobre su piel.

Sus grandes manos la tomaron por los hombros y le bajó los tirantes por los brazos. Sin apenas esfuerzo, el vestido se deslizó por su cintura hasta caer al suelo y convertirse en un montón de gasa de suave color lavanda.

Harper lo oyó ahogar un jadeo al descubrir que llevaba unas bragas de encaje del mismo tono. Las había elegido por varias razones. En primer lugar, por cómo quedaban debajo del vestido. En segundo lugar, porque se ajustaban perfectamente a las curvas de su trasero. Y por último, porque no le importaba que Sebastian se las rompiera.

Sintió que sus manos buscaban el cierre de su sujetador sin tirantes y enseguida cayó al suelo con el resto de su ropa.

–Parece que se te ha caído algo –dijo él.

Harper miró al suelo y se dio cuenta de que la nota del chantajista que se había guardado en el sujetador se le había caído. Se agachó para recogerla y la sostuvo en la mano.

–Otra carta de amor –dijo con ironía.

Decidida, atravesó la habitación hasta la chimenea y la arrojó a las llamas, que enseguida la consumieron. Sin pretenderlo, aquel acto resultó simbólico. Había puesto fin al chantaje.

–Bueno, ya está bien de que me fastidien el viaje.

Harper volvió junto a Sebastian y empezó a desabrocharle la camisa.

–No quiero pensar en nada que no seamos tú y yo –añadió.

Le quitó la camisa por los hombros y luego lo rodeó por el cuello con sus brazos. Sus labios lo buscaron tentativamente y cuando sus bocas se encontraron, se arqueó y apretó sus pechos contra él.

–Hazme el amor esta noche –le susurró–. Te deseo.

Sebastian la besó suavemente y se apartó.

–Lo que quieras, cariño.

Sus palabras la hicieron sonreír. Metió los dedos en las presillas de sus pantalones y lo empujó hasta el borde de la cama. Harper se sentó al borde y su cintura quedó al nivel de sus ojos. A continuación, le desabrochó el cinturón, le bajó la cremallera del pantalón de su esmoquin y se lo bajó junto con los calzoncillos.

Entonces lo acarició. Estaba duro y dispuesto sin haberlo tocado. Envolvió con la mano la suave piel de su miembro erecto y lo acarició hasta que lo oyó jadear. Luego aceleró sus movimientos y se inclinó para pasarle la lengua por la punta.

–¡Harper! –exclamó Sebastian, y la tomó de la muñeca para detenerla–. Espera un momento. Antes de que… No tengo nada.

Harper se estiró hacia la mesilla y sacó una caja de preservativos de la mesilla.

–Los compré el otro día cuando fuimos de excursión.

Después de su último encuentro, se había quedado con la duda de si la falta de protección había sido el motivo por el que Sebastian había echado el freno y no quería volver a tener el mismo problema.

–Gracias.

Superada aquella preocupación, Sebastian pareció implicarse más. Empujó a Harper contra las almohadas y se echó sobre ella. Le gustaba sentir su peso, el olor de su colonia y el calor que desprendía.

Sebastian fue bajando por su cuerpo con las manos y la boca, recorriendo cada uno de sus centímetros. Luego le acarició las bragas de encaje y, para sorpresa de Harper, se las bajó y las dejó a un lado.

–Me gustan –le dijo al ver su expresión–. Si te las rompo, no podrás volverá ponértelas.

Harper rio, pero el sonido se ahogó en su garganta cuando sus dedos se deslizaron entre sus muslos y acarició su centro. Un gemido escapó de su boca cuando la penetró con un dedo y sus músculos internos se encogieron. Ambos jadearon.

–Quiero ir despacio –dijo él.

Ella tomó la caja de preservativos y se la dio.

–Ya iremos despacio luego. Te deseo ahora mismo.

–Yo también.

Abrió la caja, sacó un preservativo y, en cuestión de segundos, se lo puso.

Harper separó los muslos y bajó las caderas. Sebastian se echó hacia delante y se apoyó en los codos mientras ella le rodeaba suavemente con sus piernas por la cintura.

–Gracias –susurró.

–¿Por qué?

–Por esta semana. Sé que se suponía que debía ayudarte, pero necesitaba este respiro tanto como tú. Así que gracias.

La besó y esta vez empujó las caderas y se hundió en ella, poniendo fin a la conversación.

Harper jadeó junto a sus labios mientras Sebastian la penetraba. Luego tomó su rostro entre las manos y lo besó mientras salía y volvía a entrar. Aquella sensación de placer era una novedad para ella. Nunca en sus experiencias anteriores había disfrutado tanto. Cada embestida era mejor que la anterior. Era como si Sebastian dominara la técnica del sexo.

La sensación era tan intensa que no tuvo otra opción que cerrar los ojos, aferrarse a su espalda y levantar las caderas para recibir cada embestida. Sus jadeos fueron aumentando hasta que no pudo contenerse más y se dejó llevar. Al alcanzar el éxtasis gritó su nombre y una oleada de placer la sacudió.

Entonces, la embistió con más fuerza. Hasta ese momento, sus movimientos habían sido controlados. Parecía estar tomándose su tiempo para asegurarse de que conseguía el máximo impacto con cada arremetida. Mientras su orgasmo empezaba a decaer, se dio cuenta de que Sebastian estaba al límite.

Siguió empujando con fuerza una y otra vez hasta que finalmente se puso rígido y gruñó junto a su oído. Se quedó completamente inmóvil unos segundos, con los ojos cerrados. Entonces se desplomó a su lado sobre la cama, jadeando.

Harper se acurrucó a su lado, apoyó la cabeza en su pecho para oír los latidos de su corazón y así permanecieron hasta que ambos recuperaron la normalidad. En aquel momento, parecía estar relajado. La rodeó con su brazo y le dio un beso en la frente.

–¿Todo bien? –preguntó ella, levantando la cabeza para mirarlo.

–Sí, bien. De hecho, muy bien.

Harper sonrió y volvió a apoyar la cabeza.

–Me alegro. Llevaba toda la semana soñando con este momento.

–¿De verdad? Siento haberte hecho esperar tanto –dijo Sebastian riendo–. Pensé que tenías otras cosas en la cabeza. Por cierto, he de decirte que has estado fantástica esta noche.

–Bueno, gracias, quería darte gusto.

–No me refiero a eso, sino al banquete. Has demostrado tener un gran coraje para subirte ahí arriba y hacerte con el control de la situación. Me he sentido muy orgulloso de ti. ¿Qué te llevó a hacerlo? Te fuiste a hablar con Quentin y lo siguiente que supe de ti es que estabas con el micrófono en la mano.

–Hablé con él, pero al parecer no tenía nada que ver. Eso me asustó. No sabía a quién me estaba enfrentando, así que decidí dejar de esconderme. Tenías razón desde el principio: dar la cara era la única manera de recuperar el control. Pero no quiero seguir hablando de eso, quiero olvidarlo cuanto antes. Esta noche, prefiero hablar de ti para variar. Por favor –añadió al sentir que se ponía tenso–. Cuéntame algo que no sepa de ti, como por qué decidiste dedicarte a la tecnología médica. Y no quiero una contestación hecha, quiero que me cuentes la verdad. ¿Qué pasó?

Ya le había contado que la combinación de sus conocimientos de ingeniería con la experiencia médica de Finn era enriquecedora, pero Harper se daba cuenta de que había algo más. Nadie se entregaba a su trabajo de aquella manera sin una razón, probablemente personal.

Sebastian se quedó pensativo y Harper temió que no contestara.

–Fui un niño tímido y estudioso. Me gustaba quedarme en casa y trastear con las cosas para estudiar su funcionamiento. Mi hermano mayor, Kenny, era más sociable, siempre estaba montando en bicicleta o en monopatín. Era muy inquieto.

Harper empezó a sentir la tensión en los hombros. Sabía que aquella conversación no sería divertida. Toda aquella inspiración debía de tener su origen en una tragedia.

–A su mejor amigo del instituto le regalaron una moto de cuatro ruedas por su cumpleaños. Mi hermano se graduaba por aquella fecha y se fue de fin de semana con unos amigos de acampada para montar en la moto. No conozco los detalles de lo que pasó, el caso es que Kenny tuvo un accidente. Por suerte llevaba el casco, pero la moto acabó encima de él y le aplastó la parte baja de la espalda. Como estaban en mitad de un bosque, el helicóptero no pudo tomar tierra allí, así que tuvieron que llevarlo en camilla hasta una ambulancia que lo llevó al helicóptero.

Harper le tomó la mano mientras hablaba y se la apretó.

–El golpe le afectó a la columna vertebral. Tenía

dieciocho años y quedó condenado a ser un parapléjico el resto de su vida. He vivido el dolor que el accidente le provocó a él y a toda mi familia. Tengo la esperanza de que algún día pueda desarrollar algo que le ayude. Uno de los proyectos en los que llevo años trabajando es un exoesqueleto que le permita a Kenny volver a caminar.

–Asombroso.

–Sí, pero de momento no lo he conseguido. Dispongo de la tecnología y he conseguido un prototipo que funciona en el laboratorio. Pero mi objetivo es dar con algo que todo el mundo pueda permitirse, no solo unos cuantos ricos o los que tengan un buen seguro médico. Eso va a llevar más tiempo y es la razón por la que trabajo tanto. Por Kenny y por todos los Kennys que hay en el mundo.

Harper ya conocía la respuesta. Ahora ya sabía por qué era tan importante su trabajo. A diferencia de Quentin, que usaba el trabajo como tapadera para tener aventuras, Sebastian era un auténtico adicto al trabajo. Eso le hizo cuestionarse si había sitio en su vida para algo o alguien más.

Entonces se dio cuenta de que se estaba enfrentando a una batalla perdida. A pesar de lo que pasara entre ellos, Sebastian nunca podría formar parte de su vida. Lo mejor sería no confesarle sus sentimientos y pasar página cuando volvieran a casa.

Tenía que haber alguien ahí fuera para ella, alguien que la amara, que la tratara bien y para el que se convirtiera en lo más importante de su vida. Por desgracia, ese hombre no era Sebastian West.

***

–Damas y caballeros, bienvenidos a Nueva York. La hora local es las nueve y media de la noche.

Sebastian se revolvió en su asiento en cuanto tomaron tierra y el comandante anunció que el vuelo había terminado. Le habría gustado dormir durante el trayecto, pero había sido incapaz.

Había pasado casi todo el vuelo viendo la televisión en el salón con algunos de los otros invitados a la boda. Harper había permanecido en silencio desde que salieran de Irlanda. No sabía por qué. Debería estar contenta. El chantajista había desaparecido del panorama, ya no tenían que fingir ser pareja y estaban de nuevo en casa. La vida volvía a la normalidad.

Incluso Sebastian estaba feliz sabiendo que solo le quedaban unos cuantos días de baja antes de tener que volver a la oficina. Tenía un montón de ideas en su cuaderno y estaba deseando ponerse a trabajar en los prototipos cuanto antes.

Quizá a Harper no le apetecía retomar su vida. Volver a la normalidad suponía afrontar las consecuencias de sus actos con su abuelo. Incluso Sebastian tenía que admitir que no estaba preparado para poner fin a aquella relación fingida, aunque ella no le había demostrado ningún interés en continuar. Tal vez había interpretado mal aquella atracción física.

Fueron de los últimos en abandonar el avión. A la mayoría los recogieron sus chóferes, así que enseguida el aparcamiento del pequeño aeropuerto se quedó vacío. Después de recoger sus maletas, fueron a buscar sus coches.

–¿Y ahora qué? –preguntó él, dejando su equipaje junto a su coche.

Aunque rara vez conducía por la ciudad, tenía un

BMW azul con el que viajaba de vez en cuando a Maine.

–He pedido que un Uber venga a buscarme.

–No es eso a lo que me refiero. Hablo de nosotros dos.

Ella se cruzó de brazos, poniéndose en una actitud defensiva que nunca había tomado delante de él.

–No lo sé. La semana ha terminado. Muchas gracias por ser mi novio durante el viaje. Has estado a la altura.

–¿A la altura? –dijo sin poder disimular su irritación–. ¿Eso te ha parecido?

–¿Qué quieres que diga?

Había una nota en su tono de voz que no sabía cómo interpretar. Tal vez pretendía que reconociera que la suya había sido algo más que una relación fingida. ¿Acaso quería que le confesara amor eterno y le pidiera ser su novia de verdad? ¿O que le confesara sus sentimientos para a continuación pisotearle el corazón? La manera en que se había apartado de él lo hacía dudar.

–Estoy seguro de que…

–Se le ha acabado el tiempo, señorita Drake –le interrumpió una voz femenina.

Tanto Harper como Sebastian se volvieron hacia la figura en sombras que estaba en medio del aparcamiento oscuro y solitario.

La persona avanzó unos pasos hasta colocarse bajo la luz de una farola y Sebastian reconoció de quién se trataba. No recordaba su nombre, tan solo que era la prometida de Quentin, y en aquel momento estaba apuntando a Harper con una pistola.

Sin pensárselo, dio un paso al frente y protegió con su brazo a Harper.

–¿Qué demonios hace apuntando con un arma?

–¿Josie? –dijo Harper asomándose por encima del hombro de Sebastian–. ¿Qué pasa?

–¿Sorprendida? Apuesto a que no esperabas que fuera yo, ¿verdad? Claro que no. No me has prestado atención en todo el viaje. Claro, no soy nadie importante ni rica como el resto de los demás. No he sido más que un florero.

Sebastian apenas había reparado en aquella joven discreta y callada que siempre había ido al lado de Quentin. Aunque no conocía a nadie en aquel viaje, lo cierto era que Josie había pasado desapercibida. Ni siquiera Harper la conocía, y eso que conocía a casi todo el mundo.

¿Cómo era posible que Josie supiera aquella información personal de Harper?

–¿Me has estado chantajeando?

–Bingo –dijo Josie sin dejar de apuntarla con la pistola.

–No lo entiendo –dijo Harper y apartó el brazo de Sebastian–. ¿Cómo te has enterado de las condiciones de mi fondo fiduciario? ¿Te lo contó Quentin?

–Lo único que me he conseguido de Quentin ha sido llegar hasta ti. El resto lo conseguí yo sola. Si te hubieras molestado en hablar conmigo durante le viaje, te habrías enterado de que trabajo en tu misma compañía de gestión financiera. Lo sé todo de ti, Harper, incluyendo las condiciones de tu fondo. Sabía que una malcriada como tú no estaría dispuesta a perderlo todo. No me costó averiguar lo que necesitaba saber. Sinceramente, ha sido muy fácil.

–¿Por qué habrías de hacerme algo así, Josie? Nunca te he hecho nada.

–No es nada personal, Harper. Es una cuestión de dinero. Podía haber sido cualquiera.

–¿Nada personal? Saqueaste nuestra habitación, te llevaste el collar de mi difunta madre, el reloj de mi abuelo… He pasado una semana horrible por tu culpa. ¿Y para qué? ¿Por un montón de dinero?

–Lo dices porque eres rica. Se te da muy bien engañar a todo el mundo. Sí, lo hice por el dinero, aunque reconozco que no he sacado todo el que quería. Te he amenazado, acosado y he subido el precio, pero aquí estoy, con apenas un puñado de billetes de todo lo que me debes.

–No te debo nada, nadie te debe nada. Lo que tienes lo has tomado por la fuerza.

–Y todo lo que tú tienes te ha sido dado en bandeja de plata. Lo único que tienes que hacer es darme el dinero y me iré.

–Tú mejor que nadie sabes que no tendré el dinero hasta mi cumpleaños. ¿Cómo quieres que te pague?

Sebastian estaba pensando qué hacer, como un movimiento de kung-fu para quitarle a Josie la pistola de la mano y reducirla echándola al suelo. Era ingeniero, tenía que ser más listo que ella. Si al menos pudiera controlar el martilleo de su corazón para poder pensar mejor…

–Como si no pudieras conseguirlo de alguno de tus amigos. Solo en la cena de la víspera Violet gastó mucho más dinero del que te estoy pidiendo. Creo que ya he sido demasiado complaciente. No creo que ningún otro chantajista te hubiera dado tantas oportunidades, Harper. Pero ya me he cansado. Necesito el dinero y lo necesito ya.

–¿Por qué iba a pagar otro céntimo más? –preguntó

Harper–. Todo se ha acabado, Josie. Se acabó cuando la boda. Todo el mundo conoce mi secreto. Ya no puedes seguir chantajeándome.

–Cierto, por eso tengo la pistola. Esto ha dejado de ser un chantaje para convertirse en un atraco. Quiero mi dinero.

–¿Por qué necesitas que te dé dinero? Vas a casarte con Quentin. Su familia tiene mucho dinero. Cien mil dólares no significan nada para ellos.

–Tampoco significo yo nada para Quentin –replicó Josie entornando los ojos–. Resultando que me ha estado usando para darte celos. Me pidió matrimonio y me llevó a este viaje porque sabía que te molestaría. Pero no contaba con que su padre le retirara la asignación. Ahora que ha terminado el viaje y que ha visto que estás enamorada de otro, me ha dejado y ha vuelto arrastrándose para conseguir el perdón de su padre. Así que el dinero es más importante que nunca.

Sebastian estaba atento a la acalorada discusión entre las dos mujeres. Apretó los puños con fuerza, cada vez más frustrado y enfadado. De repente sintió un desagradable cosquilleo en el brazo izquierdo y sacudió la mano con la esperanza de que aquella sensación desapareciera.

Pero no fue así.

Las mujeres continuaron hablando, pero ya no pudo seguir sus palabras. Empezó a sentir pánico. Trató de concentrarse en las dos figuras que tenía delante, pero estaba mareado. Trató de sujetarse a Harper, pero se tambaleó.

–¡Sebastian! –exclamó Harper, asustada–. ¿Qué pasa? ¿Estás bien?

Quiso contestar, pero no pudo. Sentía una presión en

el pecho que no le permitía respirar, mucho menos hablar. Aquello no era un ataque de pánico, era un ataque al corazón más fuerte que el último.

Los médicos le habían aconsejado que se lo tomara con calma y lo había intentado. Pero allí estaba, mirando a los ojos a la mujer a la que amaba y preguntándose si sería la última vez. ¿Había llegado su hora? ¿Habría perdido la oportunidad de decirle a Harper todas las cosas que tanto miedo le daba expresar? ¿Le daría tiempo a decir algo?

–Te quie…

Jadeó y se echó hacia delante, incapaz de terminar. Apartó la mano del hombro de Harper y la oyó gritar antes de que sus rodillas cayeran al suelo.

Todo se volvió oscuro y Sebastian perdió la consciencia antes de tocar el pavimento.

Capítulo Once

–¿Harper?

Harper se incorporó en la butaca en la que estaba dormitando en la habitación de Sebastian en el hospital. Todavía aturdida, miró a su alrededor. Sebastian se había despertado.

Saltó del asiento y corrió a su lado.

–Estás despierto –dijo con una sonrisa.

–Eso parece. Me siento como si me hubiera pasado por encima un camión –dijo y se llevó la mano al rostro, tensando las vías con aquel movimiento–. ¿Qué ha pasado? ¿Por qué estoy aquí?

Harper se quedó sorprendida a la vez que aliviada de que no recordara los últimos días. No habían parado de hacerle pruebas, analíticas y resonancias, para finalmente colocarle un *stent* en una de sus arterias. Había estado inconsciente la mayor parte del tiempo y Harper no se había apartado del lado de su cama.

–Tuviste un ataque al corazón en el aeropuerto –le explicó–. Llevas un par de días en el hospital.

Sebastian frunció el ceño y miró a su alrededor, deteniéndose en su cuerpo.

–¿Por qué me duele la muñeca?

–Por ahí te han introducido el *stent* hasta el corazón.

–Vaya –dijo llevándose la mano al pecho.

Harper se sentó en el borde de la cama. En los últimos días había vivido una mezcla de emociones que no quería volver a experimentar. Primero el miedo de ser tiroteada por Josie. Nunca se había imaginado que alguien pudiera apuntarla con un arma y no había sabido cómo reaccionar. Cuando Sebastian se había desmayado, había corrido a su lado olvidándose de Josie. No sabía cuánto tiempo había permanecido allí sosteniendo la pistola, pero al cabo de un rato, cuando había levantado la vista, Josie ya se había ido. Al parecer, no había querido quedarse a esperar a que la ambulancia llegara.

Desde entonces, apenas había pensado en aquel asunto. El temor de perder a Sebastian antes de poderle decir lo que sentía se había convertido en su máxima preocupación. Durante el trayecto al hospital en la ambulancia, se había sentido culpable por ponerlo en una situación que a punto había estado de costarle la vida. Después, había vivido unos días de ansiedad a la espera de los resultados de las pruebas.

También estaba enfadada. La noche anterior, el médico que estaba tratando a Sebastian había aparecido en la habitación con otro hombre al que había presentado como su cardiólogo. Le habían hablado de su problema coronario como si lo conociera. Al parecer, el segundo ataque había sido más serio que el primero. Dos semanas apartado del trabajo no eran suficientes.

Le había sido difícil mantener una expresión neutral. No había querido que supieran que no tenía ni idea de qué estaban hablando. Pero cuanto más hablaban, más piezas del puzle de Sebastian habían empezado a encajar, como por qué lo había dejado todo para hacer el viaje a Irlanda. Le habían prohibido trabajar después de sufrir un infarto en el laboratorio dos semanas antes y no le había dicho nada. Se comportaba como si nada hubiera pasado y se había subido al avión con ella camino de Irlanda. ¿Y si hubiera pasado algo en Irlanda? Aquel castillo estaba en mitad de la nada, a horas de Dublín. ¿Cuánto habrían tardado en llevarlo a un hospital con unidad cardiaca?

No se había sentido mejor después de hablar con el socio de Sebastian. Finn figuraba como su contacto de emergencia y tenía un poder notarial para cuidado médico, así que lo habían llamado del hospital nada más habían llegado. Era él el que había autorizado las pruebas y había hablado con el hospital para que permitieran a Harper quedarse a pesar de que no era familia. Solo por eso estaba en deuda con Finn, además de por todo lo que le había contado estando allí.

–Los médicos dicen que te pondrás bien, pero tienes que estar tranquilo. Probablemente te den el alta mañana. Finn ha contratado a una enfermera para que se quede contigo en tu apartamento.

–No necesito una enfermera.

–Dice Finn, y estoy de acuerdo, que tu opinión no cuenta en este asunto después de haber sufrido un segundo ataque. No vas a ir a trabajar. Vas a estar con una enfermera para que se asegure de que te tomas todas las medicinas y comes bien. Luego harás rehabilitación para recuperar fuerza y evitar que esto vuelva a pasarte. Tienes que cumplir todo al pie de la letra o sufrirás otro infarto. Puede que la próxima vez no tengas tanta suerte.

–Está bien, tienes razón.

–Han sido dos días muy largos en el hospital.

–Eso parece. ¿No llevas la misma ropa que en el avión?

Harper bajó la vista, aunque sabía que tenía razón. Solo se había separado de su lado para bajar a la tienda de regalos y comprarse un cepillo de dientes y algunos artículos de aseo. Habían dejado las maletas en el aparcamiento del aeropuerto, allí donde se habían encontrado con Josie. En la ambulancia, había llamado a Jonah para que fuera a buscarlas. Emma y él se habían ofrecido a llevarle lo que le hiciera falta, pero no había querido molestarlos.

–Ha sido muy difícil para mí, porque no sabía lo que pasaba. No es de esperar que un hombre joven y sano de treinta y ocho años se desplome al suelo por un ataque al corazón, Sebastian.

–No creí que fuera importante.

–¿No te pareció importante contarme que te estabas recuperando de un infarto? Tuvimos sexo, eso podía haberte matado.

Sebastian suspiró.

–No quería que me trataras con delicadeza. Si esa mujer no hubiera intentado matarnos, no estaría aquí ahora.

–Eso no es lo que el médico ha dicho. Tenías pendiente hacerte un catéter para comprobar el estado de tus arterias. No solo no pediste cita, sino que te fuiste del país. Podías haber muerto delante de mis narices y no habría sabido qué te estaba pasando ni por qué por no haberme dicho nada.

–Pensé que lo tenía todo controlado. No quería preocuparte. Bastantes problemas tenías ya.

–Si fuera solo eso, me lo creería, pero lo cierto es que no me has contado nada de ti.

–Te he hablado de mi hermano.

–Solo en lo referente a tu trabajo. Nunca me has hablado de tu pasado ni de tus sentimientos. Me has dejado de lado.

Aquel era el meollo de la cuestión. ¿Cómo iba a sentir algo por ella si la estaba excluyendo de aquella manera?

Fue entonces cuando se dio cuenta de que era un problema que se había buscado ella sola. Aquella no era una relación auténtica a pesar de lo lejos que habían llegado. No se suponía que debían intimar ni enamorarse. Era ella la que se había saltado las reglas y se había enamorado de él. Le había entregado su corazón y su alma y no había obtenido nada a cambio. No podía enfadarse con él por respetar su acuerdo. Él no la amaba y tenía que aceptarlo.

Pero no tenía por qué quedarse y comprobar lo estúpida que había sido. Si se quedaba, acabaría diciendo algo de lo que se arrepentiría y no quería inquietarlo más de lo que lo había hecho estando en aquella situación tan delicada.

–¿Adónde vas? –preguntó al verla levantarse y tomar su bolso del suelo.

–Me voy a casa.

–¿Por qué?

Harper se detuvo y lo miró una última vez.

–Porque la boda se ha acabado. Gracias por hacerte pasar por mi prometido durante esta semana. No lo habría soportado sin ti.

–Espera. ¿Vas a volver? –preguntó incorporándose en la cama.

Ella se dirigió hacia la puerta, sacudiendo la cabeza.

–¿Por qué habría de hacerlo? Ahora sé que vas a ponerte bien. Estás en buenas manos. Adiós, Sebastian –dijo y salió antes de que él pudiera responder.

Avanzó a toda prisa por el pasillo y se metió en el primer ascensor para evitar cambiar de idea.

***

–Señor West, tiene una visita –le dijo Ingrid desde el salón.

Sebastian había oído el teléfono unos segundos antes y había asumido que sería la recepción. Eso significaba que le había llegado un paquete o que tenía una visita. Se había levantado de la cama, se había vestido y se había preparado para recibir compañía.

Le costaba mirarse al espejo. La perilla le había crecido, así como el resto de la barba. No se había afeitado desde Irlanda. También necesitaba un corte de pelo y cada vez le costaba más peinarse aquellas ondas oscuras. Tenía los ojos enrojecidos y los brazos llenos de marcas de los pinchazos del hospital. Se compuso como pudo para estar presentable por si era Harper.

Había tenido un par de visitas desde que había llegado a casa, pero ella era la única persona a la que de verdad esperaba. Hasta el momento, no había sabido de ella.

Se encontró con Ingrid, la enfermera, en el pasillo y después de sonreírle le indicó que fuera hacia el sofá, en donde le esperaba Finn.

–No te alegres tanto de verme –le dijo su amigo en tono burlón–. No quisiera someter a tu corazón a tanta tensión.

Sebastian se acercó a la mecedora que estaba junto al sofá y se acomodó.

Ingrid les llevó un par de botellas de agua con gas y se fue a la cocina para dejarlos a solas.

–Lo siento –dijo Sebastian–, esperaba que fuera otra persona.

–¿Tal vez Harper?

–Sí.

–¿Ha venido a verte desde que saliste del hospital?

–No.

Se había sentido muy solo sin su alegría y su frescura.

–Qué extraño –dijo Finn frunciendo el ceño–. ¿Estás seguro de que está bien? No se apartó de ti ni un segundo en el hospital.

Sebastian apenas recordaba el tiempo que había pasado ingresado y al enterarse de que había estado allí, pendiente de su recuperación, se sintió mejor. Nunca antes había tenido a alguien así en su vida. Y lo había arruinado todo nada más despertarse.

–Sí, bueno, una vez decidió que estaba bien, se fue y dijo que no volvería. Tenía esperanzas de que hubiera cambiado de opinión.

–¿Qué hiciste? –preguntó Finn en su habitual tono acusador.

–Supongo que me lo merecía.

Cuando algo se estropeaba en la oficina, solía ser por culpa de Sebastian. En una ocasión había provocado un cortocircuito al sobrecargar un interruptor; en otra había hecho saltar la alarma antiincendios y todo el mundo había tenido que evacuar el edificio mientras los bomberos lo revisaban. Había veces que se preguntaba por qué Finn seguía siendo su socio, incluso su amigo.

–Estaba rota de dolor cuando la vi en el hospital la primera vez. Esa mujer te quiere mucho. Si no esta aquí en este momento, es que lo has estropeado bien.

–Sí, de acuerdo, he metido la pata –reconoció por fin–. No le conté… Bueno, no le conté nada, empezando por mi problema de corazón. Dijo que la estaba dejando de lado y supongo que tenía razón.

–¿Y por qué ibas a hacerlo? Es una mujer increíble. Conozco a su familia. No puedes dejar que una mujer que te ama así se te escape, Seb.

–No sé por qué lo hice. Supongo que no he sabido cómo comportarme. Nunca he tenido una relación. Soy ingeniero, un precursor de la tecnología médica. No sé cómo compatibilizarlo con una relación seria.

Finn sonrió y sacudió la cabeza.

–Pues será mejor que lo averigües o te convertirás en un viejo solitario. No sé si podré soportar que sigas viniendo a casa para celebrar las fiestas.

–Fuiste tú el que me invitó el día de Acción de Gracias.

–Claro, porque si no no habrías salido de la oficina o hubieras acabado comiendo quién sabe qué con un tenedor de plástico. Si quieres llevar una vida mejor, vas a tener que hacer muchos cambios.

Aunque Sebastian estaba acostumbrado a los sermones de Finn, consecuencia de trabajar con un médico, por primera vez en su vida prestó atención a lo que su socio le decía.

–De acuerdo, está bien. Soy un trozo de arcilla en tus manos, conviérteme en una versión tuya, eso sí, más encantadora y con más pelo.

Finn se pasó la mano por su cabeza afeitada y frunció los labios. Por suerte, conocía bien a Sebastian, después de llevar años trabajando juntos. Eran muy diferentes, pero se compenetraban. Sus inventos no habrían tenido tanto éxito si Finn no le hubiera guiado y su amigo habría acabado dedicado a la dermatología en alguna clínica de la ciudad si Sebastian no el hubiera empujado a hacer cosas más importantes con su vida.

–Tienes que cuidarte mejor.

–Gracias, doctor –repuso Sebastian poniendo los ojos en blanco–, pero no todos podemos tener unos abdominales marcados y unas piernas musculosas.

–¿Crees que es fácil mantener este aspecto? Voy todos los días al gimnasio. Mientras que tú no dejas de comer comida basura, yo me tomo mis ensaladas y mis filetes a la plancha. En la vida hay que tomar decisiones y hay que procurar que sean las mejores.

–Me recuerdas a mi nutricionista –farfulló Sebastian.

Ya había tenido una primera cita con aquella doctora y en unos días iniciaría la rehabilitación cardiaca. La primera medida que había tomado el nutricionista había sido incluirle en un servicio de reparto de comida a domicilio para que siguiera una dieta rica en proteínas y verduras.

–Sé de lo que estoy hablando, Sebastian. Recuerda que soy médico.

–Lo sé. Escucha –dijo echándose hacia delante y apoyando los codos en las rodillas–. A pesar de mis bromas, me lo estoy tomando en serio. Sé que es importante y estoy cambiando. A este ritmo, no viviré lo suficiente para ser el tío díscolo de tus hijos, y lo sé. Siempre me ha importando más el éxito que todo lo demás, incluida mi salud. Pero tienes razón.

–Espera, repite esa frase.

Sebastian sonrió.

–¡Tenías razón, Finn! Estoy intentando ponerme serio un momento. El trabajo es importante, pero no seré de ayuda si me pongo enfermo. No puedo sacrificar mi vida, mi salud o mis relaciones para que mis inventos se conviertan en una realidad. Hay más vida ahí fuera y ahora me estoy dando cuenta. Me di cuenta en cuanto toqué fondo –dijo y se quedó pensativo, recordando aquella noche en que había sentido que el corazón se le encogía al ver a Josie apuntándoles con el arma–. Fue el peor momento de mi vida. Mientras me desplomaba, miré a Harper y me di cuenta de lo que estaba pasando. Mi vida podía haber terminado en ese momento. En esos segundos, solo pude pensar en que no le había dicho a Harper que la amaba. Iba a morir y nunca lo sabría. Intenté decírselo, pero perdí el conocimiento.

Finn lo escuchaba en silencio.

–Eso suena terrible. ¿Por qué no se lo dijiste en el hospital? Todo habría sido diferente.

–No lo sé. No dejo de fustigarme por cómo ha salido todo. Al principio me sentía desorientado y antes de que pudiera centrarme, arremetió contra mí por guardar secretos. Me puse a la defensiva y entonces se fue. Pero tenía razón, no le había hablado de mí. Tengo que contarle muchas cosas, empezando por lo mucho que la quiero. Eso es lo más importante.

–Vaya, estás muy enamorado. Se te nota en la cara cuando hablas de ella. Nunca pensé que levantarías la mirada de tu cuaderno y te fijarías en alguien que no fuera un cliente. ¡Y mucho menos enamorarte! Como consigas arreglarlo, vas a acabar casándote antes que yo.

–Cállate –gruñó Sebastian–. Las mujeres hacen fila a la puerta de tu apartamento. Si pudieras elegir a una, te casarías de inmediato.

Finn rio.

–Seguramente. Si de verdad quieres casarte con Harper, tal vez siga pronto tu ejemplo, nunca se sabe.

–Hablo en serio cuando digo que quiero casarme

con ella. Quiero tomarme en serio todo esto. Quiero recuperar la salud y luego confesarle mis sentimientos. Y si ella siente lo mismo, pedirle matrimonio. El tiempo es algo demasiado preciado para malgastarlo. No quiero que se me vuelva a escapar.

–Si vas a pedirle matrimonio, conozco a un buen joyero. Puedo pedirle que venga a tu apartamento y te enseñe algunos anillos.

Aquello era un alivio. Sebastian no sabía por dónde empezar en un asunto como ese.

–Llámalo. Todavía tengo que hablar con su padre y pedirle su mano, pero quiero tenerlo todo preparado para cuando llegue el momento.

–Claro –dijo Finn y empezó a escribir en su teléfono–. Le diré que te mande un mensaje.

–Perfecto. Todo empieza a encajar. Solo tengo una cosa más que hacer.

–¿El qué? –preguntó Finn.

–Averiguar dónde vive Harper.

Capítulo Doce

–Pasa.

Harper respiró hondo y giró el pomo de la puerta que daba al estudio de su abuelo. Llevaba temiendo aquel momento desde que tenía veintidós años y allí estaba, a punto de cumplir los treinta y más nerviosa que nunca.

Le había resultado fácil ser valiente en Irlanda, a miles de kilómetros de las consecuencias de sus malas decisiones. Después de que Josie desapareciera del mapa, Harper había decidido enfrentarse a su abuelo y a la realidad que había estado ignorando durante tanto tiempo. Tenía que decirle que estaba arruinada. Seguramente ya se habría enterado, pero quería decírselo en persona cuanto antes.

–Buenas tardes, abuelo.

El viejo levantó la vista de su mesa y sonrió al ver a su única nieta.

–¡Harper, qué sorpresa! Estás tan guapa como siempre. Por un momento creí que eras tu madre. Según te haces mayor, te pareces más a ella.

Harper le dio un abrazo y cayó en la cuenta de que tenía más años que su madre al morir. Costaba creerlo. La vida podía ser muy injusta a veces.

–¿A qué debo esta visita? –le preguntó–. No esperaba verte antes de tu cumpleaños. Ya se acerca el gran día, ¿verdad?

–Sí, pronto cumpliré treinta –contestó sonriendo.

–Supongo que darás una gran fiesta para celebrarlo con tus amigos. ¿Vas a gastar parte de la herencia en un buen champán caro?

Teniendo en cuenta todo lo que había pasado la última semana, no había planeado nada. Le resultaba deprimente cumplir treinta años y no veía motivos para celebrarlo.

–No precisamente. Por eso he venido a verte. Tengo que hablar contigo sobre el fondo fiduciario.

–¿No puedes esperar hasta finales de semana para recibir el dinero? Bueno, supongo que puedo prestarte unos cuantos dólares.

–No, abuelo –dijo poniendo su mano encima de él para evitar que sacara la cartera–. No he venido a pedirte dinero, sino a contarte algo.

Se quedó mirándola sorprendido y se recostó en su sillón de cuero.

–¿De qué se trata, cariño?

Harper respiró hondo, tratando de encontrar la manera de contarle a su abuelo la verdad. Había pensado que perder el dinero era la parte más dura, pero estaba equivocada. Contarle a su abuelo lo que había hecho era aún peor. Se iba a llevar una gran decepción.

–Estoy arruinada, abuelo.

–¿Arruinada? –repitió, entornando los ojos.

–Sí. Lo he mantenido en secreto todos estos años porque me daba vergüenza y no quería perder el resto del fondo. Pero he decidido sincerarme. Malgasté todo el dinero cuando estaba en la universidad y he estado viviendo una mentira desde entonces.

–Y durante todo este tiempo, no has pedido dinero. ¿Cómo te las has arreglado?

–Como todo el mundo –contestó Harper encogiéndose de hombros–. He trabajado mucho y he ahorrado cada céntimo en vez de malgastarlo como hice en el pasado.

–¿Nadie sabía la verdad, ni siquiera tu hermano?

–No, no se lo conté a nadie, ni a Oliver ni a papá. No quería que nadie se enterara y mucho menos tú.

–Entonces, ¿por qué me lo cuentas ahora?

–Porque necesitaba sincerarme. Añadiste aquella cláusula según la cual si malgastaba el primer pago, no recibiría el segundo. Quería contarte la verdad para que hicieras otra cosa con el dinero. He perdido mi parte.

Su abuelo tomó un caramelo del cuenco que tenía en un extremo del escritorio y le dio a ella otro. Desde que tenía uso de razón, siempre había tenido caramelos en su despacho. Lentamente lo desenvolvió y se lo metió en la boca. Harper sostuvo el suyo en la mano, a la espera de su respuesta.

Pero el viejo permaneció en silencio, disfrutando del caramelo y observándola.

–Hay algo más que no va bien. ¿De qué se trata?

–¿Además de haber perdido veintiocho millones de dólares?

–Eso es solo dinero. Hay algo más que te preocupa, algo importante.

–Es solo que la última semana ha sido muy dura, abuelo. Nada me ha salido bien. Alguien me ha estado haciendo chantaje y me robaron el colar de zafiros de mamá al ver que no les pagaba. El hombre al que amo me ha mentido y no sé qué hacer. De verdad, perder el dinero es lo último que me preocupa. No quiero grandes celebraciones por mi cumpleaños. No me apetece celebrar nada.

–Háblame de ese hombre. Dices que te mintió.

–No quería contarme nada de su vida y me preocupa que no pueda confiar en mí. ¿Por qué querría ocultarme algo?

–¿Por qué no contaste tus problemas a tu familia y amigos, Harper? Supongo que encontrarás las respuestas a tus preguntas sobre ese caballero en tus propios motivos.

–Me sentía avergonzada. No quería que nadie supiera lo estúpida que había sido y que me trataran de manera diferente.

Al decir aquellas palabras en voz alta, se dio cuenta de que su abuelo tenía razón sobre Sebastian y sus secretos. ¿Lo habría tratado de otra manera si hubiera sabido que su salud era frágil? Quizá. ¿Se sentiría avergonzado por haber dado prioridad a sus sueños y haber dejado en un segundo plano su salud? Probablemente.

Al inicio de aquel romance ficticio de una semana, no había habido motivo para que contara aquellas cosas. De hecho, si no hubiera sido por el chantaje, ella tampoco le habría contado la verdad a Sebastian. ¿Por qué iba a esperar algo diferente de él?

Tenían mucho que aprender el uno del otro. Una semana no era tiempo suficiente para abrirse y compartir secretos. Había reaccionado de manera exagerada y ahora se daba cuenta. Al ver a Sebastian en el suelo, rodeado por los sanitarios de la ambulancia, con todos aquellos tubos, las sirenas, los gritos… Había pasado mucho miedo. Josie y la pistola habían dejado de importarle. Su única preocupación había sido Sebastian.

Había estado a punto de perderlo sin entender por qué. Luego le había dado la espalda y se había marchado, dejándolo, por haber hecho exactamente lo mismo que ella llevaba haciendo toda su vida.

Era tonta.

–Harper, ¿por qué crees que añadí esa condición?

Ella se volvió hacia su abuelo y sacudió la cabeza.

–¿Para darme un buen susto? Me he comportado como una malcriada. Estoy segura de que no querías que cometiera los mismos errores que mi padre.

–Eso es un poco duro. No sabías lo que era no tener dinero. No creciste pobre, como yo, así que no lo has sabido valorar. No es culpa tuya. Pero ahora sí, ¿verdad?

–Desde luego –dijo Harper con amargura–. Me he fustigado cada día por malgastar lo que tenía. Se me ocurren muchas cosas que podía haber hecho. Si hubiera sido más prudente, como Oliver…

–No tienes que ser como tu hermano. Él es único y tú también. Deja que te haga otra pregunta. Si tuvieras una segunda oportunidad y alguien volviera a darte dos millones de dólares, ¿qué harías?

–Es difícil saberlo, abuelo. Creo que lo primero que haría sería anticipar el pago de las cuotas y los servicios de mi casa del próximo año y meter el resto en el banco por si vienen tiempos difíciles.

–Está bien entonces –replicó su abuelo sonriendo, y tomó su móvil de la mesa.

–¿El qué está bien? –preguntó confundida.

–Es hora de que llame a mi gestor financiero y veamos la manera de liberar el resto de tu fondo.

–¿Qué quieres decir con liberar?

–Feliz cumpleaños, Harper –dijo dándole una palmada en la mano–. No sabes cuánto me alegro de que te hayas convertido en la mujer sensata y responsable que siempre supe que serías. Y por eso, estás a punto de ser veintiocho millones de dólares más rica. Ahora, ve a buscar a ese hombre que amas y organiza una fiesta de cumpleaños como es debido.

Sebastian entró en el vestíbulo del edificio de Harper como si hubiera dado con un tesoro. No le había resultado fácil descubrir dónde vivía. Si le preguntaba a sus amigas estaría reconociendo que nunca había estado en su casa, algo extraño considerando que estaban saliendo juntos. Pero sin otra opción, le había contado a Emma la verdad sobre su relación cuando la había abordado a la salida de FlynnSoft. Hasta que no le había confesado que estaba perdidamente enamorado de Harper, no le había dado la dirección.

Estaba identificándose en el mostrador de la entrada cuando oyó una voz a su espalda.

–No está en casa.

Sebastian se volvió y se encontró a Harper con un montón de bolsas de la compra.

–Es una lástima. Quería hablar con ella de algo muy importante.

–¿Algo importante, eh? Bueno, tal vez pueda dejar que subas a esperarla. Estoy segura de que querrá oír eso que tienes que decirle.

–Estaría muy agradecido.

Harper sonrió y se dirigió al ascensor.

Sebastian no sabía qué tipo de recibimiento le daría después de la forma en que se habían separado en el hospital. Al menos, de momento, le había invitado a subir.

Cuando llegaron a su apartamento, Sebastian tuvo

una primera aproximación a cómo era la vida de Harper. Era más acogedor que el suyo y estaba decorado con algunos muebles de su familia y otros baratos de IKEA. Mientras ella vaciaba las bolsas en la cocina, reparó en una botella de champán y un par de paquetes de fideos orientales. Supuso que con los años había encontrado la forma de encontrar el equilibrio.

Sebastian permaneció junto a la puerta de la cocina mientras ella guardaba la comida. Estaba esperando una invitación para hablar, pero todavía no le había dicho nada. Quería sentarse y disculparse mirándola a los ojos, no mientras estuviera ocupada con otras tareas.

Por fin dobló la bolsa y se volvió hacia él.

–¿Quieres tomar algo? Me apetece una copa.

Él también necesitaba una, pero estaba esforzándose en llevar una vida sana.

–No debo beber. Un vaso de agua estaría bien.

Se quedó mirándolo un momento antes de acercarse a la nevera y sacar dos botellas.

–Vamos al salón –dijo dándole una–. Odio que la gente se quede en la cocina.

Sebastian se hizo a un lado y la siguió hasta una amplia y luminosa estancia. Tenía unos sofás con aspecto muy cómodo, unos cuantos cuadros y una televisión de buen tamaño. Había una pared de libros a un lado y otra de ventanales a otro. Desde donde estaba, se veía el verdor de Central Park a unas cuantas manzanas.

–Siéntate –dijo mientras se acomodaba en uno de los sofás.

Él eligió una butaca a su derecha para poder tenerla enfrente. Al sentarse, sus rodillas casi se rozaron, pero evitó tocarla a pesar de lo mucho que deseaba hacerlo.

–Gracias por hablarme, Harper.

Ella se encogió de hombros y abrió la botella de agua.

–La última vez que te vi, estabas a las puertas de la muerte. Espero que estés mejor.

–Lo estoy –dijo orgulloso–. Estoy haciendo rehabilitación cardiaca tres veces en semana y he comenzado un programa para mejorar mis hábitos alimenticios y de descanso. Ya noto una gran diferencia.

–Me alegro de oír eso.

–Yo también. Ahora soy consciente de que no puedo permitir que el trabajo gobierne mi vida. Quiero algo más que una carrera y un puñado de patentes a mi nombre. También quiero una vida, una esposa y una familia.

Aquello atrajo la atención de Harper y se enderezó en su asiento.

–Eso es un gran cambio para un soltero adicto al trabajo. ¿Y cómo vas a conseguirlo? ¿Cómo vas a evitar volver a sumergirte en el trabajo? Esta vez dejarías de lado a tu familia, no solo tu salud.

No creía posible que pudiera cambiar.

–No voy a dejarte de lado, Harper.

–No me refiero a mí, hablo en general. Las viejas costumbres nunca se pierden, como guardar secretos. Confía en mí, sé de lo que hablo.

–Siento haberte mentido. No es que no confiara en ti, es solo que… me daba vergüenza. ¿Lo entiendes, verdad?

–Claro, pero yo te lo he contado todo, Sebastian, y tú nada.

–Si no te hubiera estado chantajeando Josie, ¿también me lo habrías contado? ¿O lo hiciste por necesidad?

La expresión de Harper se suavizó y bajó la mirada a la botella de agua, mientras jugueteaba con ella.

–Me encontré aferrada a tu cuerpo inconsciente tirado en medio de un aparcamiento, gritando. Cuando llegó la ambulancia, no supe qué decirles. No sabía de tu dolencia cardíaca, no sabía nada. Podías haber muerto sin que hubiera podido hacer nada por ayudarte.

–No debería haberte puesto en esa tesitura. Nunca imaginé que pudiera volver a pasarme, si no, te hubiera dicho algo.

–Hemos estado fingiendo una relación, pero eso ya se ha acabado. El viaje ha terminado y ahora estamos en la vida real, Sebastian, con sentimientos auténticos. Ya no es un juego. Necesito saber la verdad.

–¿De qué?

–De todo. Quiero saber todo lo que me has estado ocultando antes de que me plantee continuar con esta relación.

–¿Ahora mismo? ¿Quieres que te cuente toda mi vida ahora mismo?

Tenía un anillo de compromiso que le ardía en el bolsillo. Estaba deseando hacerle la pregunta, pero Harper no le estaba dando la oportunidad.

–¿Tienes que ir a algún sitio? –preguntó ella, acomodándose en su asiento–. ¿Tal vez al trabajo? Es sábado, aunque contigo nunca se sabe.

–No, ahora mismo lo que quiero es estar aquí contigo. Te contaré todo lo que quieras saber si así consigo convencerte para que me quieras. Porque yo te quiero, Harper. Nunca antes había amado a una mujer. No sé muy bien cómo tengo que hacer las cosas, pero no puedo evitar lo que siento. Haré lo que me digas para que tú también me quieras.

Harper se quedó estupefacta al oír que hablaba de amor.

–¿Por qué no empiezas por el principio? Nunca me has hablado de tu familia o de tu infancia, solo del accidente de tu hermano.

Sebastian asintió y se recostó en su asiento.

–Me crié siendo pobre –comenzó–. Pero no la clase de pobreza que tú has conocido. Vivíamos en una vieja caravana y nunca estrené un par de zapatos hasta que me los compré yo mismo al llegar a la universidad. Hasta entonces, toda la ropa la heredaba de mi hermano. Mis padres tuvieron que esforzarse mucho para salir adelante, pero siempre pasaba algo que se lo ponía aún más difícil. Cuando mi hermano y yo tuvimos edad suficiente, nos pusimos a trabajar para que la familia pudiera llegar a fin de mes. Kenny trabajaba en una hamburguesería cerca del instituto. Yo disfrutaba cacharreando y me gustaba ayudar a mi padre a arreglar el coche, así que acabé trabajando en una tienda que arreglaba máquinas cortacésped y pequeños motores. Cada céntimo que ganaba, se lo daba a mis padres. Nos fue bien una temporada. A mi padre lo ascendieron en su trabajo y mi hermano se graduó y empezó a trabajar a jornada completa. Entonces, tuvo el accidente.

Harper lo miraba con tanta atención que se preguntó si estaría conteniendo la respiración Sacudió la cabeza, suspiró y continuó.

–Teníamos seguro, pero cuando se graduó quedó excluido. Tampoco tenía seguro en el trabajo. Tan solo le cubrió en parte el seguro del propietario de la moto, pero no fue suficiente. Pasó un año entero en hospitales y centros de rehabilitación. Las facturas se fueron acumulando. Mi madre tuvo que dejar de trabajar para hacerse cargo de él.

–Qué horrible.

–Estaba decidido a hacer algo más con mi vida que arreglar aparatos. Quería hacer algo que pudiera ayudar a mis padres y a mi hermano. Eso me dio impulso. Trabajé en todo lo que pude después del accidente y el único dinero que gasté en mí fue para solicitar plaza en el Instituto Tecnológico de Massachusetts y hacer los exámenes de ingreso.

–¿Qué tal le va a tu familia ahora? –preguntó Harper.

–Muy bien –contestó Sebastian sonriendo–. Con mi primer millón, les compré a mis padres una casa en Portland, cerca de los médicos que tratan a Kenny, y un coche adaptado para silla de ruedas. Todos los meses les mando dinero porque es demasiado grande para que puedan costeársela. Mi padre sigue trabajando y le quedan unos cuantos años para jubilarse.

Harper sonrió y le puso una mano en la rodilla.

–Me alegro de oír eso.

–Hemos recorrido un largo camino y no me arrepiento de nada, ni siquiera de haber descuidado mi salud. Pero a partir de ahora, tengo que hacer las cosas mejor.

–Entiendo por qué hiciste lo que hiciste. Empezar de la nada y crear una compañía como la tuya es increíble. Supongo que cuando miras a alguien como yo, que ha desperdiciado una fortuna, tiene que revolverte por dentro.

Sebastian negó con la cabeza.

–No. Cada uno tenemos nuestros orígenes y eso nos hace ser como somos. De los errores aprendemos. Si hubiera estado en tu lugar, no sé si me hubiera atrevido a hacer lo que hiciste en la boda. A pesar de todo el dinero que he ganado, entiendo que perder veintiocho millones de dólares pueda ser muy doloroso.

–Bueno, lo cierto es que no los he perdido.

–¿Qué quieres decir? –preguntó frunciendo el ceño.

–He hablado con mi abuelo. Me he sincerado con él y se lo he contado todo. Dice que he aprendido la lección y que me dará el dinero. Por eso he comprado el champán. Hoy es mi cumpleaños. Mi abuelo quería que diera una gran fiesta, pero después de lo que pasó en Irlanda no me apetecía. Pensaba celebrarlo yo sola. ¿Quieres acompañarme?

–Claro.

Se levantaron y se fueron a la cocina a por dos copas. De vuelta en el salón, volvieron a sentarse, esta vez en el mismo sofá.

–Feliz cumpleaños, Harper –dijo Sebastian alzando su copa–. Me alegro de estar aquí celebrándolo. No sabía si iba a poder felicitarte en persona. Gracias por darme la oportunidad de hacerlo y de contarte tantas cosas.

Harper sonrió y chocó su copa con la suya.

–Gracias. No me imaginaba pasar así el día de mi cumpleaños, pero no ha podido ser de mejor manera. He aprendido mucho de mi misma estas últimas semanas. Sin Josie haciéndome chantaje, tal vez no me habría parado a pensar en todo lo que he conseguido por mí misma ni en que no necesitaba dinero para ser feliz. Tampoco me habría dado cuenta de lo importante que eres para mí.

Sebastian sintió que el corazón se le encogía y esta vez no tenía nada que ver con un infarto. Dejó la copa sin tocar en la mesa de centro.

–Siento no haber sabido que hoy era tu cumpleaños. Te habría traído un regalo –dijo y se metió la mano en el bolsillo–. En su lugar, tengo esto.

Harper fijó la mirada en un pequeño estuche azul y volvió a quedarse boquiabierta.

–¿Qué…?

La voz se le quebró.

–Ya te he dicho antes que te quiero, Harper, y que quiero encontrar equilibrio en mi vida. Pero lo que no te dije es que quiero encontrar ese equilibrio contigo. La vida es demasiado corta para andar dudando y no puedo arriesgarme a perderte otra vez.

Sebastian hincó una rodilla en el suelo y abrió el estuche, descubriendo un anillo con una esmeralda.

–Te prometo que no volveré a tener secretos contigo. Te prometo que mi trabajo nunca será más importante que tú o que nuestra familia. Eres la persona más importante de mi vida, Harper. Nunca pensé que pudiera amar a alguien de esta manera. Hazme el honor de convertirte en mi esposa, Harper Drake.

–Sí –contestó con una sonrisa de oreja a oreja, mientras las lágrimas inundaban sus ojos.

Sebastian le puso el anillo en el dedo y le apretó la mano. Luego se pusieron de pie y ella se lanzó a sus brazos. Él la estrechó con fuerza y besó a su prometida por primera vez.

Aquel era el comienzo de su futuro juntos, un futuro que había estado a punto de no tener y del que disfrutaría con Harper todo el tiempo que pudiera.

Epílogo

–¡Feliz Navidad a todos!

Harper oyó jaleo en la puerta y salió de la cocina para ver quién había llegado. Era la primera Navidad que celebraba en casa con su familia y la de Sebastian, y estaba muy emocionada.

Sebastian estaba saludando a su madre, y detrás estaba su padre cargado de regalos. Al fondo estaba Kenny, de pie.

Con la ayuda del prototipo de exoesqueleto de Sebastian, su hermano atravesó lentamente el umbral de la puerta con una amplia sonrisa en su cara. Parecía estar tan contento como su hermano.

Nada podía igualar la emoción de Sebastian al ver a su hermano atravesar la estancia y sentarse ante la chimenea. Aquello era la culminación de un sueño, el mejor regalo que podía hacerle a su familia.

Habían sido los bocetos que había hecho en Irlanda los que habían marcado la diferencia. No se había dado cuenta hasta que había vuelto al laboratorio.

Las dos familias se presentaron y se reunieron en el salón para tomar un aperitivo. Harper estaba a punto de ir a la cocina a por más cuando Sebastian la llamó. Tomó un regalo de debajo del árbol y le hizo una seña a Harper para que lo siguiera por el pasillo hasta su dormitorio.

–Quería darte esto ahora –dijo Sebastian una vez estuvieron a solas.

–¿Ahora? Todavía es Nochebuena.

–Ábrelo, por favor.

Harper suspiró y tomó el regalo que su prometido le ofrecía. Lo desenvolvió, abrió la caja y descubrió una colección de objetos brillantes envueltos en papel de seda: un collar de zafiros, una pulsera de rubíes, unos pendientes de diamantes, un anillo con un aguamarina, unos gemelos de esmeraldas y un reloj de bolsillo.

Harper se quedó sorprendida y tomó el reloj para estudiarlo.

–Son las joyas de mi madre y tus cosas. Josie robó todo esto. ¿Cómo lo has conseguido?

–Bueno, resulta que nuestra chantajista recurrió a alguien más para conseguir dinero. En vez de pagarle, fueron directamente a la policía. Todos estos objetos los encontraron en su apartamento cuando la arrestaron. La policía me llamó la semana pasada porque las joyas coincidían con la descripción que hicimos en nuestra denuncia.

Harper tomó el reloj de bolsillo y se quedó mirándolo, maravillada.

–Al parecer, Josie no era su nombre real –continuó Sebastian–. Después de intentar chantajear a Quentin…

–¿Quentin, mi ex? –lo interrumpió sorprendida.

–Sí. Cuando recibió la carta de amenaza, se acordó de lo que te había pasado y los condujo directamente a su puerta. Resulta que su verdadero nombre es Amanda Webber. Espero que el naranja le siente bien.

Harper sonrió y le devolvió a Sebastian el reloj.

–Feliz Navidad, amor mío.

–Feliz Navidad, Harper.